CARO PROFESSOR GERMAIN
CARTAS E ESCRITOS

OBRAS DO AUTOR PUBLICADAS PELA EDITORA RECORD

Romance
O estrangeiro
A morte feliz
A peste
O primeiro homem
A queda

Contos
O exílio e o reino

Teatro
Estado de sítio

Ensaio
O avesso e o direito
Bodas em Tipasa
Conferências e discursos – 1937-1958
O homem revoltado
A inteligência e o cadafalso
O mito de Sísifo
Reflexões sobre a guilhotina

Memórias
Diário de viagem

Correspondência
Caro professor Germain: cartas e escritos
Escreva muito e sem medo: uma história de amor em cartas (1944-1959)

Coletânea
Camus, o viajante

ALBERT CAMUS
& LOUIS GERMAIN

CARO PROFESSOR GERMAIN
CARTAS E ESCRITOS

TRADUÇÃO DE
IVONE BENEDETTI

1ª edição

EDITORA RECORD
RIO DE JANEIRO • SÃO PAULO
2024

CIP-BRASIL. CATALOGAÇÃO NA PUBLICAÇÃO
SINDICATO NACIONAL DOS EDITORES DE LIVROS, RJ

C218c

Camus, Albert, 1913-1960
   Caro professor Germain / Albert Camus, Louis Germain ; tradução Ivone Benedetti. - 1. ed. - Rio de Janeiro : Record, 2024.

   Tradução de: Cher monsieur Germain : lettres et extraits
   ISBN 978-85-01-92003-4

   1. Camus, Albert, 1913-1960 - Correspondência. 2. Germain, Louis, 1884-1966 - Correspondência. 3. Cartas francesas. I. Germain, Louis, 1884-1966. II. Benedetti, Ivone. III. Título.

23-87181

CDD: 846
CDU: 82-6(44)

Meri Gleice Rodrigues de Souza - Bibliotecária - CRB-7/6439

Título original:
"Cher Monsieur Germain,..." Lettres et extraits

Copyright © Espólio de Albert Camus, 2022, para as cartas de Albert Camus.
Copyright © Direitos reservados. Espólio de Louis Germain, 2022, para as cartas de Louis Germain.
Copyright © Éditions Gallimard, 1994, para o capítulo de *O primeiro homem*; 2022, para esta edição.
Fotografia © Espólio de Albert Camus
Cartaz com pintura © Rubanitor / shutterstock

Texto revisado segundo o Acordo Ortográfico da Língua Portuguesa de 1990.

Todos os direitos reservados. Proibida a reprodução, no todo ou em parte, através de quaisquer meios. Os direitos morais dos autores foram assegurados.

Direitos exclusivos de publicação em língua portuguesa somente para o Brasil adquiridos pela
EDITORA RECORD LTDA.
Rua Argentina, 171 – Rio de Janeiro, RJ – 20921-380 – Tel.: (21) 2585-2000, que se reserva a propriedade literária desta tradução.

Impresso no Brasil

ISBN 978-85-01-92003-4

Seja um leitor preferencial Record.
Cadastre-se no site www.record.com.br
e receba informações sobre nossos
lançamentos e nossas promoções.

Atendimento e venda direta ao leitor:
sac@record.com.br

EDITORA AFILIADA

O capítulo "A escola" é extraído de *O primeiro homem*.

Com exceção das cartas perdidas, a correspondência entre Albert Camus e Louis Germain é publicada aqui integralmente pela primeira vez. A morte de Camus num acidente, em 1960, a interrompe bruscamente, assim como deixa inacabado *O primeiro homem*.

NOTA DA EDIÇÃO FRANCESA

Aluno da escola da rua Aumerat, no bairro pobre de Belcourt (Argel), Albert Camus tem como professor Louis Germain (1884-1966). Este, que convence a autoritária avó de seu aluno a permitir que ele continue estudando, sempre permanecerá como uma figura infinitamente marcante para Camus. Ficou famosa a carta, feita de gratidão, consideração e afeição, que o escritor lhe endereçou após receber o Prêmio Nobel de Literatura em 1957. (Além disso, serão dedicados a Louis Germain seus *Discours de Suède* [Discursos da Suécia].)

Aqui reproduzimos integralmente cartas hoje conhecidas (1945-1959), correspondência inédita em parte acompanhada de um capítulo de *O primeiro homem*, romance inacabado de Camus. Nesse capítulo, Jacques — duplo romanesco de Albert — evoca seu professor em Argel, o senhor Bernard. Nome fictício que não apaga a lembrança de seu modelo: senhor Germain.

CORRESPONDÊNCIA
1945-1959

I — DE LOUIS GERMAIN PARA ALBERT CAMUS

Paris, 15 de outubro de 1945

Meu caro Menino,

Não é difícil imaginar que minha carta vai surpreendê-lo. Você deve estar se perguntando quem pode escrever-lhe dessa maneira e permitir-se tais familiaridades. É alguém que lhe dedica grande afeição e a quem, estou convencido, você retribui esse sentimento. Será que vai adivinhar que é o senhor Germain, de Argel, seu ex-professor?

Estou aqui desde fevereiro passado e pude acompanhar os elogiosos sucessos que você obteve. Soube de sua presença em Paris por meio de sua reportagem sobre a miséria de nossos africanos do norte.[1]

Estou na iminência de partir para Argel e ficaria felicíssimo se o visse antes de ir embora. Como acredito

---

1 Em 1943, Camus integra a rede de resistência Combat, cujo jornal homônimo ele dirige. Torna-se seu redator-chefe quando da Libertação. Em maio de 1945, após passar um período na Argélia, escreve uma série de seis artigos para alertar a metrópole sobre a situação política e econômica da Argélia (ver *Chroniques algériennes (1939-1958)*, "Folio", nº 400, Gallimard, 2002; e *À Combat*, "Folio essais", nº 582, Gallimard, 2013). (*As notas inseridas na correspondência são do editor francês.*)

ter alguma participação, bem modesta, é verdade, no seu destino, gostaria que você me garantisse de que não me enganei ao orientá-lo para o liceu.

Por ter me alistado como voluntário para o período da guerra em 01/12/42 no Corpo Franco da África em Argel (aos... 58 anos), estou atualmente no Depósito Central das Forças Francesas Livres, avenida de Saxe, 2 (atrás da Escola Militar). Ficarei muito feliz se seus afazeres, que imagino numerosos, lhe permitirem me dedicar alguns instantes.

Peço-lhe que creia, meu caro Menino, em minha indefectível amizade,

Germain Louis

Subtenente Germain
Deposito Central das FFL
Avenida de Saxe, 2
Paris, 7º *arrondissement*

2 — DE LOUIS GERMAIN PARA ALBERT CAMUS

Paris, segunda-feira, 29 de outubro de 1945

Meu caro Menino,

Mensagem rápida para lhe propor o seguinte. Tenho aqui uma arquinha, sólida, de madeira, medindo cerca de 0,37 × 0,4 × 0,8; ferragens feitas à mão, simples, mas sólidas.

Encomendei-a para a guerra: não preciso mais dela e não quero levá-la para Argel. Vender? Não me interessa. Talvez seja útil para guardar a roupinha dos seus lindos cantorezinhos.[1] Se ela puder deixá-lo feliz, é sua.

Responda se puder ou dê a resposta na sexta-feira em Bougival,[2] onde terei o grande prazer de encontrá-los todos.

Afetuosamente,

Germain Louis

Depósito central FFL

BPM 501

---

1 Camus vive em Paris com a esposa Francine Faure, que ele conheceu em Argel em 1937. Em 5 de setembro de 1945, ela dá à luz os gêmeos Catherine e Jean.
2 Durante o outono-inverno de 1945-1946, Camus e família passam algum tempo em Bougival, perto de Paris, numa propriedade emprestada pelo editor Guy Schoeller (1915-2001).

3 — DE ALBERT CAMUS PARA LOUIS GERMAIN

Terça-feira [final de 1945]

Caríssimo senhor Germain,

Já não estou no *Combat*,[1] e sua carta chegou-me com atraso. Mas faço absoluta questão de encontrá-lo. Não tenho palavras para lhe dizer como a sua lembrança permaneceu presente em mim e expressar minha gratidão. Mas pelo menos poderemos falar desse passado que continua sendo o que guardo de mais caro.

Em termos práticos: estou na N.R.F.[a] (telef LIT 28-91) até quinta-feira à noite. Na quinta-feira à noite volto para casa, em Bougival (Tel: 317) e fico até segunda-feira à noite. Telefone-me logo ou passe pela N.R.F. antes da noite de quinta-feira. O senhor pode ir almoçar em Bougival, e lhe apresentarei minha mulher, que o conhece como um dos dois ou três homens a quem devo quase tudo.

Seja rápido, por favor. E deixe-me abraçá-lo com toda a minha afeição — como nos tempos de nossa escola.

Albert Camus

Por que não se comunicou comigo antes?

---

[1] Depois de um último editorial assinado em 15 de novembro de 1945, Camus para de escrever no jornal *Combat* até o final do ano 1946 e sua famosa série de artigos "Nem vítimas nem carrascos" (Ver *À* Combat, *op. cit.*).
[a] *La Nouvelle Revue Française.* (N. da T.)

4 — DE ALBERT CAMUS PARA LOUIS GERMAIN

20 de janeiro [1946]

Caro senhor Germain,

Agradeço-lhe muito sua agradável carta[1] e os encargos de que o senhor teve a bondade de se incumbir. Também fico feliz por saber que encontrou um clima mais favorável. Aqui se alternam geada e neve. Passo quase todos os meus dias cuidando do aquecimento e do conforto de minha pequena família. O mais desagradável é que, em 10 de fevereiro, serei obrigado a abandonar a pequena casa que o senhor conheceu. Ainda não sabemos para onde ir. Mas será preciso que tudo isso se ajeite de uma maneira ou de outra.[2]

Fiquei feliz de revê-lo por um período maior, mais feliz do que saberia expressar. Um bom mestre é uma grande coisa. O senhor foi o melhor dos mestres, e não esqueci tudo o que lhe devo. Também lhe desejo o melhor e espero poder rememorar muitas vezes ao seu lado tudo aquilo que sempre será motivo de orgulho para mim.

---

1 Enquanto este volume estava sendo criado, não encontramos vestígio de algumas cartas. Nesta edição, elas passarão a ser indicadas com um asterisco, ao serem mencionadas por Camus e Germain.

2 Os Camus serão hospedados em Paris por Michel e Janine Gallimard no número 17 da rua de l'Université, antes de alugarem um apartamento na rua Séguier a partir de dezembro de 1946.

Francine vai bem. A mãe dela nos deixa em breve para voltar a Orã. Quanto aos dois cantores, estão com ótima disposição e um registro vocal como sempre extenso. Frequentemente falamos do senhor. Continuo pensando na sua Pléiade. Só espero uma oportunidade de enviá-las por um meio mais seguro do que o correio.

Calígula[1] continua em cartaz. Mas imagino que as representações terminarão em março. Hébertot falava de uma turnê pelo norte da África. Mas seria difícil organizar as representações.

Enquanto isso, continuo trabalhando. Minha única vontade é rever meu país e minha velha mãe. Não estará ficando velha demais? Escreva-nos se achar tempo. Não se esqueça de seu filho espiritual. Tenho grande apreço por sua afeição e sua estima, mais do que por todos os discursos de que as pessoas são pródigas aqui. Aceite meu abraço com todo o meu respeito e toda a minha afeição.

Albert Camus

Francine, Jean e Catherine enviam-lhe expressões de estima. Lembranças a seus filhos.

---

[1] Peça de teatro de Camus que, publicada em 1944, estreou em 1945 no Teatro Hébertot (do nome de seu diretor), com montagem de Paul Oettly (1890-1959), tendo Gérard Philippe (1922-1959) no papel-título.

5 — DE ALBERT CAMUS PARA LOUIS GERMAIN

7 de março [1946]

Caro senhor Germain,

Apenas uma breve mensagem para lhe pedir que não se surpreenda com meu silêncio durante algum tempo. Viajo para a América daqui a três dias e não voltarei antes do final de maio.[1] Lá vou dar algumas conferências e, embora me aborreça abandonar meu internato, como diz o senhor, não me desagrada deixar um pouco esta vida de Paris que destrói os nervos e resseca o coração.

O senhor na certa vai me pôr de castigo, mas perdi o endereço e o nome de seu sargento que ia me dar a arquinha. Será que o senhor poderia enviá-la para Francine, em nosso novo e provisório endereço, rua de l'Université, 17? Quando eu voltar, vamos nos instalar mais ou menos definitivamente na rua Séguier, no 6º *arrondissement*.

Fico contente por saber que está em nossa bela cidade, entregue à atividade que ama. Espero contar sempre com sua afeição. Temos cada vez mais necessidade de todos os que nos amam, neste mundo de loucura.

---

1 Atendendo a um convite dos Serviços Culturais da embaixada da França em Nova York, Camus permanece na América do Norte de março a junho de 1946.

Francine e eu lhe enviamos lembranças afetuosas. Bidasse e Mandarine (são os gêmeos) mandam forte abraço a seu avô espiritual.

Até breve deste fiel e afeiçoado

A. C.

6 — DE ALBERT CAMUS PARA LOUIS GERMAIN

[Agosto ou setembro de 1946]

Caro senhor Germain,

Recebi sua carta* durante as férias, mas seria preferível dizer "no campo", pois, no que se refere às férias, trabalhei muito num livro que acabo de concluir. Eu precisava me afastar de Paris depois de uma longa viagem à América e encontrar, se não repouso, pelo menos silêncio. Foi o que encontrei na Vendeia, numa fazenda pertencente aos Gallimard, onde os dois pequenos ganharam boas cores e eu encontrei condições de trabalhar sem interrupções.

Mandei seu bilhete daqui ao porteiro do prédio onde moro (rua de l'Université, 17) para que ele providencie o transporte da arquinha. Imagino que a encontrarei ao retornar, em 10 de setembro. Como espero me mudar, definitivamente dessa vez, para o pequeno apartamento que estou montando, ela me será muito útil, pelo que lhe sou muito grato. Não esqueço a Pléiade, no aguardo de uma oportunidade, que talvez esteja próxima, se conseguir escapar alguns dias no final de setembro, como espero, para ir abraçar minha velha mãe.

> *Nota ao pé da frente da folha* (onde aparece o endereço da N.R.F.): A. Camus circulou o endereço da Gallimard, acrescentando a seguinte menção manuscrita "meu endereço perpétuo".

Minha viagem à América ensinou-me muitas coisas que seria demorado demais pormenorizar aqui. É um grande país, forte e disciplinado na liberdade, mas que ignora muitas coisas, sobretudo da Europa. Tive recepção admirável e pude trazer uma mala cheia de roupas para as crianças...

A medalha da Resistência?[1] Não a pedi e não a uso. O que fiz foi pouco, e ela ainda não foi dada a amigos que foram mortos ao meu lado. Estou curioso para ler o que dizem de mim os jornais de Argel. Há quatro anos, queriam me fuzilar. O senhor poderia me enviar esses artigos?

Fico contente por saber que Marcel está feliz. Não se esqueça de lhe mandar lembranças minhas, ele talvez se lembre do menino Camus. Quanto a Robert, fico bem triste pelo senhor. A ele caberia se aproximar, mas talvez o senhor pudesse lhe falar francamente e fazê-lo voltar à razão. Se ele pelo menos soubesse o que significa ter sido privado de um pai...

Escreva. Os dois pequenos e Francine enviam-lhe palavras de afeição. E seu filho espiritual o abraça de todo o coração.

Albert Camus

---

1 O anúncio da outorga da medalha da Resistência a Camus é publicado por decreto no *Journal officiel* de 11 de julho de 1946.

7 — DE ALBERT CAMUS PARA LOUIS GERMAIN

Sábado [novembro de 1947]

Caro senhor Germain,

Minha mãe, que não sabe escrever, encarrega-me de lhe pedir desculpas por não lhe ter agradecido ao receber suas lindas flores.

No atordoamento dos preparativos (era um grande dia para ela), acreditou que as flores tinham sido enviadas por mim. Quando esclareci o engano, ela ficou desconcertada e quer que o senhor saiba como ficou emocionada com seu presente e feliz por receber aquele que tanto fez por seu filho.

Será necessário dizer que compartilho os sentimentos dela? Apresente então meus respeitos à sua senhora e esteja sempre certo dos pensamentos afetuosos de seu menino.

Albert Camus

8 — DE ALBERT CAMUS PARA LOUIS GERMAIN

13 de fevereiro [1950]

Caro senhor Germain,

Agradeço muito sua carta* e sua remessa. Esta ainda não recebi porque estou longe de Paris, doente e passando por um tratamento que se prolongará por várias semanas ainda.[1] Quando voltei de uma turnê de conferências pela América do Sul,[2] viagem que se revelou muito cansativa, após um ano de trabalho pesado, encontraram uma imagem ruim no meu pulmão direito. Isso me valeu um tratamento de dois meses com estreptomicina e uma permanência aqui que deve se prolongar até abril. Atualmente, tudo está correndo da melhor maneira possível, e espero voltar logo a ter vida normal. Se, por acaso, o senhor encontrar minha boa e velha mãe, não se esqueça de que falei a ela apenas de um cansaço passageiro, para não a deixar preocupada.

Vou escrever a Paris pedindo que cuidem bem do seu pacote (e que o enviem sem demora para mim). Mas o que mais me deixou contente foi ver que o senhor

---

1 Camus passa o início do ano 1950 em Cabris (Alpes Marítimos) para tratar uma tuberculose.
2 Em julho-agosto de 1949, sob a égide dos Serviços Culturais Franceses, Camus faz uma turnê de conferências no Brasil, no Chile e no Uruguai. Também passa um breve período na Argentina.

continua pensando em seu aluno. Fiquei feliz de saber que está em boa forma. Sim, trabalha muito. Mas sempre trabalhou muito, e não o imagino como rentista satisfeito e cínico. Só gostaria que em seus dias abrisse algum espaço para o descanso, merecido de todos os pontos de vista.

Francine está aqui comigo. As crianças estão com a avó em Orã. E já entraram na escola. Nós as afastamos a contragosto, mas era preciso ter prudência. Estou achando que poderei ir vê-las no verão.

Meus projetos? No momento está em cartaz uma peça minha em Paris.[1] Calorosamente acolhida por uns, foi friamente executada por outros. Portanto, empate. Aliás, esse tipo de reação sempre me diverte. Este ano vou publicar uma coletânea de artigos meus no *Combat* e um ensaio filosófico: "O homem revoltado".[2] Em seguida... em seguida, eu gostaria de descansar e viver um pouco em liberdade, à espera da bomba de hidrogênio.

Aí está o essencial. Acrescento que, caso vá a Argel, irei imediatamente visitá-lo. A propósito, o aluno toma a liberdade de repreender uma frase de seu bom mestre. Aquela em que o senhor diz que tenho coisa melhor para fazer do que ler suas cartas. Não tenho e jamais terei nada melhor para fazer do que ler as cartas daquele a quem devo aquilo que sou, alguém que amo e respeito como o pai que não conheci.

---

[1] Trata-se de *Les Justes* [Os justos], publicada no ano anterior.
[2] O ensaio *O homem revoltado* será publicado no outono europeu de 1951.

Peço-lhe que transmita minha respeitosa homenagem à sua esposa e receba os protestos de amizades da minha. De mim, receba um abraço, como sempre, com toda a minha afeição.

Albert Camus

Anexo a foto de meus dois forçudos.
EM CABRIS (Alpes Marítimos)

9 — DE ALBERT CAMUS PARA LOUIS GERMAIN

14 de julho [1952]

Caro senhor Germain,

Fiquei feliz, muito feliz ao encontrar sua carta* na volta de um período bastante longo passado no interior, para trabalhar e descansar. Para responder, esperei até poder fazê-lo com folga. Diante de seu longo silêncio, eu temia que minha carta anterior o tivesse chocado e me levado a perder um pouco de sua afeição. Fiquei triste com isso, porque faz tempo que coloco acima de todas as ideias ou posicionamentos os sentimentos de ternura e afeição que me unem a certas pessoas, e o senhor é uma delas. Mas, visto que não é nada disso, alegro-me do fundo do coração e lhe agradeço.

Sim, o senhor me viu pela última vez em Cabris, onde eu estava em tratamento. Restabeleci-me com uma rapidez que ainda me espanta, e já faz mais de um ano que consegui retomar todas as minhas atividades. Estou de novo em Paris com os meus, trabalhando nas Éditions Gallimard e, ao mesmo tempo, nos meus livros. De fato, fui a Argel em dezembro passado. Mas chamado por minha mãe, que quebrou o fêmur num tombo. Não saí do lado dela durante os 15 dias em que permaneceu internada e não tive tempo para nada. Na primavera, chamei-a a Paris: está aqui, no cômodo ao lado, e estou gostando de mimá-la um pouco. Vou levá-la de volta a Argel em outubro, assim que começar o frio, e então irei vê-lo, prometo.

Não trabalhe demais, caro senhor Germain, e pense um pouco no merecidíssimo descanso. Estou feliz com a ideia de revê-lo e abraçá-lo. Faz trinta anos que tive a sorte de conhecê-lo. Faz trinta anos que sempre penso no senhor com todo o respeito e a afeição que sentia na escolinha da rua Aumerat.

Todos aqui se unem a mim para enviar, ao senhor e aos seus, as mais afetuosas lembranças.

Albert Camus

Nota na margem direita: Estou morando na rua Madame--Paris, 29 (6º)

10 — DE ALBERT CAMUS PARA LOUIS GERMAIN

31 de outubro de 1952

Caro senhor Germain,

Escrevo-lhe rapidamente para dizer que estarei em Argel por volta de 20 de novembro, 25 o mais tardar. Espero vê-lo então. Minha mãe está em Argel desde setembro e retomou a vida normal.

Meus filhos estão com 7 anos, na escola comunal, felicíssimos por estarem lá e com ótimos resultados. No ano que vem, irão para o liceu, se é que a intenção é dedicar ao ensino os bilhões que damos aos produtores de álcool.

Estou contente de saber que está descansando, apesar dos inconvenientes que imagino. Só espero que as aulas compensem sua aposentadoria. Mas falaremos de tudo isso em breve.

Meus respeitos à senhora Germain; ao senhor, como sempre, minha fiel e reconhecida afeição.

A. Camus

É preciso muita burrice policial, e colonialista, para chegar a prender cantores. Mas é mais fácil do que acabar com as favelas.

11 — DE ALBERT CAMUS PARA LOUIS GERMAIN

Quarta-feira [dezembro de 1952]

Caro senhor Germain,

Estou em Argel e ficarei feliz em vê-lo. Se quiser marcar um encontro, será mais simples. Agora estou no Hotel Regina (356.38), bulevar Bugeaud. Basta um bilhete ou um telefonema pela manhã.

Até breve. Afetuosamente,

Albert Camus

12 — DE ALBERT CAMUS PARA LOUIS GERMAIN

Quinta-feira, 19 horas [Dezembro de 1952]

Caro senhor Germain,

Encontrei seu bilhete* ao voltar de Tipasa[1] e lamento não poder comparecer. Não estarei livre no almoço de amanhã. Mas estarei livre domingo. Tentarei levar minha mãe, mas não é certeza. Ela está envelhecendo e não gosta de sair de seu Belcourt. De qualquer modo, até domingo ao meio-dia. Estou feliz por revê-lo.

Minhas homenagens à senhora Germain e, para o senhor, minhas lembranças mais afetuosas.

Albert Camus

---

[1] As ruínas romanas de Tipasa eram um dos locais favoritos de Camus na Argélia. A elas ele dedica dois ensaios líricos, "Bodas em Tipasa" e "Volta a Tipasa" (in *Noces* seguido de *L'été*, "Folio", n° 16, 1972). Em 1952, Camus fica na Argélia de 15 a 18 de dezembro. [No Brasil, os dois ensaios foram publicados no livro *Bodas em Tipasa*. pela Editora Record. (*N. do E.*)]

13 — DE LOUIS GERMAIN PARA ALBERT CAMUS

Argel, 31 de dezembro de 1952

Cara senhora, Caro Menino,

Permitam que me submeta ao costume e expresse, para todos os seus entes amados, sem omitir os dois pequenos, Jean e Catherine, e para vocês dois nossos melhores votos para o ano que se inicia.

Que seus dois filhos se desenvolvam bem e façam, na escola, os progressos que temos o direito de esperar deles.

Olho frequentemente a foto deles e, olhando Jean, tenho a impressão de rever seu pai, que conheci na mesma idade. Tudo está lá, até as rugas da testa e o modo de olhar!

Paro por hoje a minha carta, pois meu programa epistolar está bastante carregado.

Encho-me de coragem, passo a pena para a outra mão, e a correspondência aumenta.

Nós três lhes expressamos nossa afetuosa amizade e pedimos que depositem em nosso nome uns bons beijos nas bochechas dos pequenos.

Respeitosamente,

Germain Louis

14 — DE LOUIS GERMAIN PARA ALBERT CAMUS

Argel, 15 de dezembro de 1956

Meu caro Menino,

Este bilhete é para confirmar o que lhe disse a carta* enviada ao seu domicílio.

Entreguei hoje pela manhã à Air-France um pacote de 4 quilos com mercadorias perecíveis. É uma "cestinha", como tantas há por aqui. Está endereçada ao domicílio, e parece que lhes será entregue na quarta ou na quinta-feira que vem. Não deixe que esses prazos se prolonguem; se, ao contrário, tiver algum jeito de abreviá-lo, não hesite em fazê-lo.

Vi Villeneuve há algum tempo e falamos de você, dos colegas (ficou sabendo que René Moscardo morreu há quase um ano?).

Esse bom rapaz Villeneuve[1] prestou-me um grande favor em relação a Christian,[2] que está trabalhando no G. G.,[3] até partir para o regimento, provavelmente em janeiro.

Espero que tudo esteja bem em sua casa e que as crianças estejam lhe dando satisfação. Já têm 11 anos e

---
1 André Villeneuve e René Moscardo são antigos colegas de classe de Camus.
2 Enteado de Louis Germain, filho de sua companheira Andrée.
3 Governo Geral da Argélia.

devem estar grandes: gostaria de revê-las, de bater papo com elas. As crianças sempre despertam meu interesse, e sempre sinto afeição por elas: deformação profissional talvez?

Não tenho por que me orgulhar de meu silêncio e me pergunto o que você pensará de mim! Receber livros, não acusar recebimento, não agradecer: que coisa feia!

Mas conservo toda a minha afeição por você. Não fique com raiva de mim (não o acho capaz disso).

Um abraço bem forte

Seu velho professor (72 anos em 20/12 próximo)

Germain Louis

15 — DE ALBERT CAMUS PARA LOUIS GERMAIN

19 de novembro de 1957

Caro senhor Germain,

Deixei que arrefecesse um pouco o ruído que me cercou todos estes dias antes de vir falar um pouco com o senhor do fundo do coração. Acabam de me render uma honra demasiadamente grande,[1] que não busquei nem solicitei. Mas, quando fiquei sabendo da notícia, meu primeiro pensamento, depois de minha mãe, foi para o senhor. Sem o senhor, sem essa mão afetuosa que se estendeu para o menininho pobre que eu era, sem seu ensinamento e seu exemplo, nada disso teria me acontecido.

Não vejo como coisa do outro mundo essa espécie de honraria, mas ela é pelo menos uma oportunidade de lhe dizer o que o senhor significou e continua significando para mim, bem como de lhe garantir que seus esforços, seu trabalho e a generosidade que neles empenhava continuam vivos num de seus pequenos escolares que, apesar da idade, não deixou de ser seu aluno reconhecido.

Abraço-o com todas as minhas forças.

Albert Camus

---

[1] Em 16 de outubro de 1957, a Academia Sueca anuncia a atribuição do Prêmio Nobel de Literatura a Camus por sua obra "que aclara com seriedade penetrante os problemas enfrentados em nossos dias pelas consciências humanas".

16 — DE LOUIS GERMAIN PARA ALBERT CAMUS

Argel, 22 de novembro de 1957

Meu caro Menino,

Recebi sua carta hoje pela manhã e garanto que não a esperava. Como sei que você é tão ocupado, não pensei que pudesse achar tempo, sobretudo nos dias que acaba de viver, para me escrever, abrir tão plenamente o seu coração e expressar sentimentos de que nunca duvidei.

Vivemos alguns momentos de ansiedade em relação a você quando a imprensa anunciou, primeiro, que se falava em lhe atribuir o Prêmio Nobel, mas que a presença de outros candidatos prenunciava uma disputa cujo resultado era incerto. Que, por outro lado, um dos candidatos[1] (que, numa entrevista, você dizia admirar) havia buscado apoios na América, que havia escrito lá (digo: tramado) para obter a decisão a seu favor. Sabendo da fortíssima influência americana, temíamos que você não tivesse sucesso. Pois a derrota teria sido uma grande desilusão para você e, também, para os que o amam; principalmente porque, já naquele momento, estávamos convictos de que você não tinha feito nada para obter essa recompensa; sua carta o confirma.

---
1 Trata-se de André Malraux.

Por fim, ficamos aliviados, tranquilizados: você tinha ganhado o prêmio com franqueza, com honestidade.

De início pensei em lhe telegrafar para lhe dar parabéns e expressar nossa alegria. Depois achei que você devia estar suficientemente ocupado, respondendo a todos os motivos que havia de cumprimentá-lo, e preferi esperar que arrefecessem um pouco os ecos de sua celebridade. Eu estava nisso quando, hoje pela manhã, chegou sua carta. Ela apressou só um pouco o momento de lhe responder.

Sua carta nos emocionou profundamente, meu caro Menino. Ela revela sentimentos que honram uma alma humana. Pessoalmente, o que mais me toca é que meus próprios filhos nunca manifestaram tanta afeição. O mais velho manteve algum contato conosco e nos visita três ou quatro vezes por ano; a mulher dele e uma de suas filhas vieram nos ver ontem, e a mais velha, Raymonde, ficou em casa para estudar: tem orgulho de ser a primeira aluna de duas classes em francês. Quanto a Robert,[1] rompeu definitivamente comigo desde que chegou à maioridade. Ele me ignora quando me encontra na rua, por mais perto que passe de mim. Nunca vi sua mulher nem seus dois filhos.

Tive mais sorte com meus outros alunos, em geral. São muitos os que encontro na vida, que me dizem ter guardado boas lembranças de mim, apesar de minha severidade quando era preciso.

A razão é bem simples: eu amava meus alunos e, entre eles, um pouco mais aqueles que a vida havia

---

[1] Filho caçula de Louis Germain, do primeiro casamento.

desfavorecido. Quando você chegou, eu ainda estava sob o choque da guerra, da ameaça de morte que, durante cinco anos, ela fizera pairar sobre nós. Eu tinha voltado, mas outros, menos afortunados, tinham sucumbido. Considerei-os companheiros infelizes que haviam tombado, confiando-nos aqueles que eles deixavam. Foi pensando em seu pai, meu caro Menino, que me interessei por você, assim como me interessei pelos outros órfãos de guerra. De certo modo, amei você por causa dele, na medida do possível, e não tive outro mérito. Cumpri um dever que considerava sagrado.

Você deve o sucesso a seu próprio mérito, a seu trabalho; você foi meu melhor aluno, com aprovação em tudo. Além disso, gentil, calmo e tranquilo. Então, quando o inscrevi para o exame da 6ª,[a] só cumpri meu dever. Claro, tranquilizei sua mãe, amedrontada pelas responsabilidades financeiras que ela temia não conseguir assumir. Fui obrigado a tranquilizá-la, a lhe revelar a existência das bolsas e que, com elas, os seus estudos não custariam nada para ela (até aquele momento, eu desconhecia a situação financeira exata de sua família).

Em resumo, considero pequeno o meu mérito e grande o seu. De qualquer modo e apesar do Sr. Nobel, você continuará sendo o meu Menino.

A imprensa, evidentemente, se interessou por você, chegou até a lhe dedicar um de seus números. Foi assim que pude rever, a seu lado, seus dois filhos. São dois grandes

---

[a] Exame que a criança faz por volta dos 11 anos, ao terminar o ensino fundamental. (*N. da T.*)

"jovens" e devem dar muita satisfação nos estudos. Gostaria muito de revê-los, falar com eles, que, claro, devem se expressar com o sotaque da terra! E que sotaque simpático.

Meu enteado, aqui há 10 anos depois de viver em Paris, conservou um pouco desse sotaque. Mas, em contato com os colegas, aprendeu palavras, expressões tipicamente argelinas. E também fala... com as mãos.

Atualmente faço uma dieta rigorosa: meu coração está causando preocupações... ao médico. Obedeço às prescrições dele, já que o consultei. Só devo subir meus quatro andares uma vez por dia. Isso me deixa confinado e me dá raiva, pois para mim é impossível ficar sem fazer nada.

A senhora Germain vai bem na medida do possível.

Ainda não dissemos nada sobre a grande senhora. Você lhe deu uma bela recompensa com a distinção que lhe foi concedida, e nós nos regozijamos por ela. E não nos esquecemos de sua querida mãe, a quem você proporcionou a grande alegria que mereceu.

Anunciou-se sua vinda a Argel, depois o adiamento da viagem.

Da próxima vez que estiver em Argel, venha nos visitar se puder, se o tempo disponível o permitir. Até o convidamos à nossa mesa, se for possível. Mas não complique as coisas para nós. Ficaremos muito felizes de revê-lo, abraçá-lo, mas que o tempo que você nos dedicar não lhe falte para outras coisas. Pois pense que agora, aureolado por sua nova glória, você será fisgado, disputado de todos os lados, assim que puser os pés em nosso território. Nós nos conformaremos e esperaremos até que você mesmo encontre o momento propício. Mas, aconteça o que acontecer, já o desculpamos de antemão.

Encerro aqui meu diário, pois ele começa a se mostrar um tanto longo.

Nós três, unidos em nossa afeição por vocês, mandamos um abraço apertado aos quatro.

Germain Louis

P.S.: minha neta Raymonde diz que vai apresentar na escola um trabalho sobre Dostoiévski: será que você poderia me indicar um livro capaz de esclarecê-la o máximo possível? Está com um pouco de inveja de uma das colegas, encarregada de apresentar um trabalho sobre... Albert Camus!

17 — DE LOUIS GERMAIN PARA ALBERT CAMUS

Argel, 10 de setembro de 1958. 16h15

Meu caro Menino,

Acho que é preciso coragem de minha parte para me pôr a escrever quando o termômetro, perto de mim, marca 29° e o calor úmido derrete banha e também...
Mas devo-lhe uma resposta* há muito tempo e resolvo vencer a apatia.
Claro, não o esqueci ou, mais exatamente, não os esqueci.
Mas muitas coisas aconteceram desde o regresso de Andrée.
Voltando de Paris, mal se mantendo em pé, por causa da estafa e do frio, que ela já não suporta, minha mulher só conseguiu juntar forças para suportar uma nova intervenção cirúrgica no dia 6 de maio passado.
Seus tecidos abdominais haviam cedido sob a cicatriz da operação anterior, foi preciso reabrir o ventre para reduzir a hérnia que se havia formado. O cirurgião aproveitou para fixar um órgão próximo que tinha saído da posição normal e retirar um cisto, formado do lado esquerdo desta vez. Felizmente tudo correu bem, e nossa operada passa muito bem agora.
Foi enquanto Andrée estava no hospital que ocorreu a "Revolução de 13 de maio". O movimento foi a

reedição da manifestação que recepcionou Guy Mollet[1] quando ele viajou a Argel. Os estudantes, alunos de nossas escolas primárias e os jovens aprendizes liberados para manifestarem (o que, exatamente, nessa idade) foram os autores ativos dos acontecimentos com o incentivo de organizadores escondidos por trás de prudente anonimato.

Foi um jovem advogado, ex-presidente da Associação Geral dos Estudantes de Argel,[2] que decidiu arrombar as grades que protegem a entrada do G. G., que, tomando um caminhão do Exército, abriu uma brecha nas grades. Os jovens irromperam nos escritórios, muitos dos quais ocupados (o pessoal do G. G. tinha recebido ordem de trabalhar, contrariando as ordens do comitê clandestino). E máquinas, móveis, documentos, tudo voou pelas janelas.

Os CRS,[a] encarregados de proteger o prédio, recuaram em vez de fazer uso de suas armas.

Por outro lado, os paraquedistas presentes não fizeram nada para impedir a destruição.

Foi a vitória dos manifestantes.

No dia seguinte, constatou-se que muita coisa tinha sumido das gavetas e dos armários do G. G.: roupas de mulher, canetas etc.

---

[1] Estadista francês (1905-1975), presidente do Conselho de Ministros durante a guerra da Argélia. "Revolução de 13 de maio" designa um golpe de Estado ocorrido em Argel no ano de 1958, em plena guerra da Argélia.
[2] Trata-se de Pierre Lagaillarde (1931-2014), um dos líderes do golpe de Argel.
[a] Sigla de Compagnies Républicaines de Sécurité [Companhias Republicanas de Segurança], polícia antitumulto. (*N. da T.*)

Enfim, a partir de então e durante cerca de um mês, foi interrompida a comunicação postal com a Metrópole. Inútil escrever: as cartas não eram despachadas!

Depois, veio o verão, com as viagens de férias.

Aonde terá ido você? Mesmo agora, onde está? Mas, como meu silêncio dura demais, hoje o rompo e espero que minha carta chegue logo até você.

Você me disse que voltaria em outubro a Argel. Se esse projeto se realizar, gostaria de aproveitar a sua presença aqui para lhe apresentar nosso amigo, o senhor Bouakouir,[1] desde que, na época, ele não esteja atendendo a alguma missão. É um homem agradável e correto, a quem, tenho certeza, você concederá toda a sua amizade. Portanto, eu lhe pedirei que, assim que tiver decidido a data de sua estada aqui, me avise. Esteja certo de que pode contar com minha total discrição. Por outro lado, se a sua agenda aqui estiver cheia demais, eu me resignarei, nós nos resignaríamos, apesar de tudo, a renunciar a tê-lo à nossa mesa. Andrée e eu não o amamos egoisticamente; temos-lhe grande afeição, e você sabe disso. Já pôde comprovar o enorme prazer que nos fazem suas visitas. E nossas refeições, das quais você participa, são as melhores para nós porque sua presença torna melhor a nossa modesta mesa.

Não ouso pedir que nos diga como transcorreram suas férias: aonde vocês foram se refugiar para fugir do verão de Paris? Nós ficamos aqui, o que nos possibilitou comprovar que, em algumas noites, o termômetro

---

[1] Salah Bouakouir (1908-1961) era vizinho de Louis Germain em Argel.

indicava 34° às 23h45. Percebe a que provação fomos submetidos?

Como Christian continua na banda militar da Caserna de Orléans, a mãe dele não se decide a sair, preferindo torrar no mesmo lugar!

Mas percebo que espalhei muita tinta sobre o papel e concluo que, para me ler, você vai precisar dedicar um tempo precioso.

Portanto, paro por hoje, esperando que sua mãe e vocês todos estejam em perfeita saúde.

Aqui, tudo vai o melhor possível.

Nós três reiteramos nossa afetuosa amizade por vocês e lhes mandamos um forte abraço.

Cordialmente a você, de seu velho mestre.

Germain Louis

P.S.: Não falo com frequência de seus dois filhos, mas penso neles. Espero que comecem o próximo ano letivo com a firme determinação de fazerem tudo bem e de serem alunos perfeitos, como foi o pai.

Também não esqueci a pequena exposição prometida. Devo até dizer que está pronta. Mas não é simples rememorar lembranças de mais de 34 anos e extraí-las da afetuosa amizade na qual elas se apagaram um pouco. Prometo enviá-la em breve. E então, monstro do meu coração, você é que corrigirá a pequena redação de seu ex-professor. Justo (ou injusto) retorno das coisas **deste mundo**.

18 — DE ALBERT CAMUS PARA LOUIS GERMAIN

19 de dezembro de 1958

Caro senhor Germain,

Estou em pleno trabalho de ensaios de uma nova peça que montarei em janeiro.[1] É minha única desculpa para não lhe ter escrito antes. Mas estou trabalhando do meio-dia à meia-noite e sou obrigado a deixar minha correspondência se acumular. Apesar disso, gostaria de lhe agradecer calorosamente as "recordações". A afeição tornou indulgente a sua memória. Eu não era tão exemplar, com certeza, e cometi minha parcela de pecados. Mas todos os detalhes são verazes e me ajudaram a reviver uma época que foi feliz para mim, apesar de todas as dificuldades.

De qualquer modo, esta é uma boa oportunidade de lhe reiterar minha gratidão e minha afeição. Espero que tudo esteja bem em sua casa e que sua esposa tenha recuperado plenamente a saúde. Transmita-lhe toda a minha amizade e receba minhas mais afetuosas lembranças.

Abraço

Albert Camus

---

1 Camus faz aqui referência à sua adaptação de *Os demônios* de F. Dostoiévski, apresentada no Teatro Antoine (estreia em 29 de janeiro de 1959).

19 — DE LOUIS GERMAIN PARA ALBERT CAMUS

Argel, 30 de abril de 1959

Meu caro Menino,

Enviado por você, informo que recebi o livro *Camus* com gentil dedicatória do autor, o senhor J.-Cl Brisville.[1]

Não sei como expressar a alegria que você me proporcionou com seu gesto gracioso nem de que modo agradecer. Se fosse possível, eu daria um abraço bem forte no rapagão em que você se transformou e que sempre continuará sendo "meu pequeno Camus".

Ainda não li essa obra, a não ser as primeiras páginas. Quem é Camus? Tenho a impressão de que aqueles que tentam decifrar sua personalidade não conseguem fazê-lo. Você sempre deu mostras de um pudor instintivo a revelar sua natureza, seus sentimentos. Isso você consegue melhor ainda porque é simples, direto. E bom ainda por cima! Essas impressões você me transmitiu em classe. O pedagogo que quiser realizar conscienciosamente sua profissão não despreza nenhuma oportunidade de conhecer seus alunos, seus filhos, e elas se apresentam o tempo todo. Uma resposta, um gesto, uma atitude são

---

[1] Jean-Claude Brisville, *Camus*, "La bibliothèque idéale", Gallimard, 1959.

amplamente reveladores. Portanto, creio conhecer bem o gentil menininho que você era, e a criança, com muita frequência, contém em germe o adulto que se tornará. O seu prazer de estar na aula expandia-se de todos os lados. Seu rosto manifestava otimismo. E, estudando-o, nunca suspeitei da verdadeira situação de sua família. Só tive uma ideia dela quando sua mãe veio falar comigo sobre a sua inscrição na lista dos candidatos às Bolsas. Aliás, isso ocorria na época em que você ia se afastar de mim. Mas, até então, você me parecia estar na mesma situação dos colegas. Sempre tinha o que necessitava. Assim como seu irmão, estava sempre bem arrumado. Acho que não posso fazer melhor elogio à sua mãe.

Voltando ao livro do senhor Brisville, ele contém abundante iconografia. E fiquei muito emocionado ao conhecer, por imagem, o seu finado pai, que sempre considerei "meu camarada". O senhor Brisville teve a bondade de me citar: vou agradecer-lhe isso.

Vi a lista crescente das obras que lhe são dedicadas ou que falam de você. E é grande minha satisfação de constatar que a celebridade (é a pura verdade) não lhe subiu à cabeça. Você continuou sendo Camus: muito bem.

Acompanhei com interesse as diversas peripécias da peça que você adaptou e montou: *Os demônios*. Gosto demais de você para não lhe desejar um enorme sucesso: que você merece. Malraux quer, também, lhe dar um teatro.[1] Sei que essa é uma paixão sua. Mas... será

---

[1] Pouco antes da morte de Camus num acidente, Malraux, então ministro da Cultura do governo De Gaulle, tinha o projeto de lhe entregar a direção de um teatro público em Paris.

que você consegue realizar a contento todas essas atividades ao mesmo tempo? Temo por você, se abusar de suas forças. E, permita que este velho amigo observe, você tem uma esposa afável e dois filhos que precisam do marido e do pai. A respeito, vou lhe contar o que às vezes dizia nosso diretor da Escola Normal. Ele era duríssimo conosco, o que nos impedia de ver, de sentir, que nos amava *realmente*. "A natureza tem um grande livro no qual registra minuciosamente todos os excessos que vocês cometem." Confesso que essa sábia advertência me reteve frequentes vezes no momento em que ia esquecê-la. Então, tente manter em branco a página que lhe está reservada no Grande Livro da natureza.

Andrée me lembra de que o vimos e ouvimos num programa literário da televisão, programa sobre *Os demônios*. Foi emocionante ver você responder às perguntas. E, sem querer, eu reparava, maliciosamente, que você nem desconfiava de que, por fim, eu o estaria vendo e ouvindo. Isso compensou um pouco sua ausência de Argel. Faz muito tempo que não o vemos...

Antes de terminar, quero lhe dizer a dor que sinto como professor laico diante dos projetos ameaçadores urdidos contra nossa escola. Creio que, durante toda a minha carreira, respeitei o que há de mais sagrado na criança: o direito de buscar a sua verdade. Amei a todos vocês e creio ter feito tudo o que pude para não manifestar minhas ideias e assim impor um peso às jovens inteligências. Em se tratando de Deus (estava no currículo), eu dizia que alguns creem nele; outros, não. E que, na plenitude de seus direitos, cada um faz o que quer. Do mesmo modo, na questão das religiões, eu me limitava a indicar as que existem, às quais pertencem aqueles que assim queiram. Para dizer a verdade, eu acrescentava que há pessoas que não praticam nenhuma. Sei muito bem que isso não agrada àqueles que gostariam de transformar os professores em caixeiros-viajantes da religião e, para ser mais preciso, da religião *católica*. Na Escola Normal de Argel (na época situada no parque de Galland), meu pai, assim como seus colegas, era *obrigado* a ir à missa e a comungar todos os domingos. Um dia, cansado dessa coação, ele pôs a hóstia "consagrada" dentro de um livro de missa e o fechou! O diretor da Escola foi informado desse fato e não hesitou em expulsar meu pai da escola. É isso o que querem os partidários da "Escola Livre" (livre... para pensar como eles). Com a atual composição da Câmara dos Deputados, receio que o mal se concretize. O *Canard enchaîné* noticiou que, num departamento, umas cem classes da escola laica funcionam com o crucifixo pregado na parede. Vejo nisso um abominável atentado contra a consciência das crianças. O que acontecerá dentro de algum tempo? Esses pensamentos me entristecem profundamente.

Meu caro Menino, chego ao fim de minha quarta página: isso é abusar de seu tempo e peço-lhe que me desculpe. Aqui tudo vai bem. Christian, meu enteado, vai começar o 27º mês de serviço militar amanhã!

Saiba que, mesmo quando não lhe escrevo, penso frequentemente em vocês todos.

A senhora Germain e eu mandamos fortes abraços aos quatro.

Afetuosamente,

Germain Louis

Lembro-me da visita que você fez à nossa classe, com os colegas da primeira comunhão. Você estava visivelmente feliz e orgulhoso da roupa que usava e da festa que celebrava. Sinceramente, fiquei feliz com a alegria de vocês, considerando que, se faziam a comunhão, era porque aquilo lhes agradava? Então...

20 — DE ALBERT CAMUS PARA LOUIS GERMAIN

20 de outubro de 1959

Caro senhor Germain,

O senhor deve ter recebido agora o pacote de livros que me pediu. Ao mesmo tempo, devolvo sua ordem postal. Tenho prazer em receber seus pedidos de livros e não quero que pague. O senhor sabe muito bem que nunca poderei retribuir o que lhe devo. Vivo com essa dívida, contente por sabê-la inesgotável e mais contente ainda quando posso lhe prestar algum pequeno serviço.

Eu ficaria preocupado com aquela gripe forte, caso o senhor não tivesse anunciado, ao mesmo tempo, que ela havia passado. Cuide-se e não fale mais em nos abandonar. Pesa suportar o mundo de hoje. São homens como o senhor que ajudam a tolerá-lo. Além disso, a sua estrutura é de concreto. Sem contar que a senhora Germain está aí.

Tudo vai bem por aqui. As crianças estão na terceira:[a] grego, latim, matemática etc., mas não tiveram nenhum senhor Germain para lhes ensinar ortografia e deixam o pai desanimado nesse ponto. De que serve isso, diz meu filho, se a gente vai para a Lua!

(a) Corresponde ao 9º ano do ensino fundamental no Brasil. (*N. da T.*)

Ah! Não foi para a E.P.S.[a] de Bel-Abbès que fui nomeado, mas para o colégio.[1] Não fiquei muito tempo. O destino!

Irei no inverno para Argel, portanto vou vê-lo. Daqui até lá, peça-me tudo o que desejar. Transmita minha respeitosa amizade à senhora Germain, mil votos de sucesso a Christian e, para o senhor, um abraço de todo o meu coração.

Albert Camus

---

[a] Sigla de École Primaire Supérieure [Escola Primária Superior]. (*N. da T.*)
[1] No fim de setembro de 1937, foi atribuído a Camus um posto de professor no colégio de Sidi-Bel-Abbès, posto que ele acabará por recusar.

"A ESCOLA"

Capítulo de *O primeiro homem*[1]

---

[1] Neste texto, que pertence à parte "Busca do pai" de seu grande romance inacabado, *O primeiro homem*, Camus evoca especialmente a personagem do professor, senhor Bernard, cuja identidade com o modelo não dá lugar a dúvidas (seu nome, aliás, aparece numa ocorrência): Louis Germain.

Retomamos aqui, com exceção das variantes, o capítulo 6 bis do romance tal como foi publicado na edição estabelecida e anotada por Catherine Camus em 1994. Os colchetes indicam as palavras cuja leitura dava margem a alguma dúvida nos rascunhos então retranscritos. (Nota da edição francesa)

Aquele lá não conhecera o pai, mas muitas vezes lhe falava dele de uma forma meio mitológica, e, de qualquer maneira, em dado momento soubera substituir esse pai. Por isso Jacques nunca o esquecera, como se, nunca tendo realmente sentido a ausência de um pai que não conhecera, tivesse apesar disso reconhecido inconscientemente, primeiro na infância, depois ao longo da vida, o único gesto paterno, ao mesmo tempo refletido e decisivo, que se manifestou em sua vida infantil. Pois o senhor Bernard, seu professor da classe do certificado de estudos,[a] lançara mão de toda a sua influência masculina, em dado momento, para modificar o destino daquele menino que tinha a seus cuidados, e de fato o modificara.

No momento, o senhor Bernard ali estava diante de Jacques, em seu pequeno apartamento de Tournants Rovigo, quase ao pé da casbá, bairro que dominava a cidade e o mar, habitado por pequenos comerciantes de todas as raças e religiões, no qual as casas recendiam a especiarias e pobreza. Lá estava ele, envelhecido, de cabelos mais escassos, manchas de velhice por trás do tecido já agora vitrificado do rosto e das mãos, deslocando-se mais devagar que antes e visivelmente satisfeito quando podia se sentar em sua poltrona de ratã, perto

---

(a) O *certificat d'études primaires* [certificado de estudos primários] era atribuído ao aluno após um exame que marcava a entrada para o ciclo de estudos seguinte. Foi criado no século XIX e vigorou até 1989. (*N. da T.*)

da janela que dava para a rua comercial e onde gorjeava um canário, enternecido, também, pela idade e deixando transparecer sua emoção, o que antes não teria feito, mas ainda ereto, com voz forte e firme, como na época em que, plantado diante da turma, dizia: "Em fila de dois. De dois! Eu não disse de cinco!" E cessava o empurra-empurra, e os alunos, que ao mesmo tempo temiam e adoravam o senhor Bernard, alinhavam-se ao longo da parede externa da sala de aula, na galeria do primeiro andar, até que, finalmente regulares e imóveis as fileiras, calados os alunos, estes eram liberados por um "Agora entrem, bando de tremoços!", que dava o sinal do movimento e de uma animação mais discreta que o senhor Bernard, sólido, vestido com elegância, rosto forte e regular coroado por cabelos um pouco ralos, mas bem esticados, cheirando a água-de-colônia, vigiava com bom humor e severidade.

A escola ficava numa parte relativamente nova do velho bairro, entre casas de um ou dois andares, construídas pouco depois da guerra de 1870, e armazéns mais recentes, que acabaram ligando a rua principal do bairro, onde ficava a casa de Jacques, ao retroporto de Argel, onde se encontravam os cais de carvão. Jacques então ia a pé, duas vezes por dia, àquela escola que ele começara a frequentar aos quatro anos no maternal e da qual não guardava a menor lembrança, a não ser a de um lavatório de pedra escura que ocupava todo o fundo do pátio coberto e onde ele tinha aterrissado um dia de cabeça, levantando-se coberto de sangue, com a sobrancelha rasgada, em meio ao desespero das professoras, e foi quando travou conhecimento com os pontos cirúrgicos, que, tão logo retirados, na verdade precisaram ser repostos na outra sobrancelha, uma vez que seu irmão tivera a ideia de cobri-lo em casa com um velho chapéu-coco que o impedia de enxergar e um casacão que lhe travava os passos, de tal maneira que mais uma vez ele foi dar com a cabeça numa pedra do piso e viu-se coberto de sangue novamente. Mas já ia para o maternal com Pierre, um ano ou quase mais velho que ele, que morava numa rua próxima com a mãe igualmente viúva de guerra, agora empregada dos correios, e dois tios que trabalhavam na estrada de ferro. As duas famílias eram vagamente amigas, ou como se é amigo nesses bairros, ou seja, as pessoas se estimavam sem quase nunca se visitarem e estavam sempre decididas a ajudar-se mutuamente sem quase nunca terem tal oportunidade. Só as crianças se tornaram amigas de fato, desde aquele primeiro dia em que Jacques, ainda usando vestido,[a] fora entregue aos cuidados de Pierre, consciente das calças que já usava e do seu dever de mais velho, e os dois tinham ido juntos para a escola maternal. Haviam em seguida percorrido juntos as séries de classes até a do certificado de estudos, em que Jacques entrou aos nove anos. Durante cinco anos, haviam feito quatro vezes o mesmo percurso, um loiro, o outro moreno, um plácido, o outro impetuoso, porém irmãos por origem e destino, ambos bons alunos e ao mesmo tempo jogadores incansáveis. Jacques se

---

(a) Os meninos muito pequenos usavam vestido. (*N. da T.*)

destacava mais em certas matérias, mas seu comportamento e seu estouvamento, seu desejo também de aparecer, que o levava a fazer mil bobagens, acabavam dando vantagem a Pierre, que era mais ponderado e reservado. E assim os dois se alternavam como primeiros da turma, sem pensarem em extrair disso os prazeres da vaidade, ao contrário das respectivas famílias. Seus prazeres eram diferentes. De manhã, Jacques esperava Pierre na frente da casa. Partiam antes da passagem dos lixeiros, ou mais exatamente da charrete puxada por um cavalo com coroa no joelho[b] e conduzida por um velho árabe. A calçada ainda estava molhada da umidade da madrugada, o ar que vinha do mar tinha gosto de sal. A rua de Pierre, que ia dar no mercado, estava juncada de lixeiras, nas quais, ao alvorecer, árabes ou mouros famintos, às vezes algum velho mendigo espanhol, ainda haviam encontrado o que pescar daquilo que as famílias pobres e econômicas desdenhavam a ponto de jogar fora. As tampas daquelas lixeiras em geral estavam abertas, e àquela hora da manhã os gatos vigorosos e magros do bairro tinham tomado o lugar dos maltrapilhos. Os dois garotos só precisavam chegar em silêncio por trás das lixeiras e virar repentinamente a tampa por cima do gato que se encontrasse lá dentro. Não era façanha fácil, pois os gatos nascidos e crescidos num bairro pobre tinham a vigilância e a presteza dos animais habituados a defender seu direito de viver. Mas às vezes, hipnotizado por um achado apetitoso e difícil

---

(b) Calvície no joelho do cavalo, devido a pancada ou doença. (*N. da T.*)

de arrancar do monte de lixo, algum gato se deixava surpreender. A tampa caía ruidosamente, o gato soltava um uivo de pavor, movimentava convulsivamente o dorso e as garras e conseguia levantar o teto da prisão de zinco, saltar para fora, com os pelos eriçados de pavor, e zarpar como se tivesse uma matilha de cães no seu encalço, em meio às gargalhadas dos seus carrascos pouquíssimo conscientes da própria crueldade.

Na verdade, os carrascos eram também incoerentes, pois azucrinavam com sua antipatia o homem da carrocinha de cachorros, apelidado pelas crianças do bairro de Galoufa[1] (que em espanhol...). Esse funcionário municipal atuava mais ou menos à mesma hora, mas, dependendo da necessidade, também fazia rondas vesperais. Era um árabe vestido à europeia, que em geral se postava na traseira de um estranho veículo puxado por dois cavalos e conduzido por um velho árabe impassível. O corpo do veículo era constituído por uma espécie de cubo de madeira, ao longo do qual fora adaptada uma fileira dupla de gaiolas com barras sólidas. O conjunto apresentava dezesseis gaiolas, cada uma das quais podia conter um cão, que ficava encurralado entre as barras e o fundo. Aboletado num pequeno estribo na traseira do veículo, o captor tinha o nariz à altura do teto das gaiolas e assim podia vigiar seu terreno de caça. O veículo percorria lentamente as ruas molhadas que começavam a ser tomadas por crianças a caminho da escola, donas

---

[1] O nome tinha origem na primeira pessoa que aceitou a função, e que realmente se chamava Galoufa.

de casa que iam comprar pão ou leite, trajando penhoares de baetilha estampados com flores berrantes, e comerciantes árabes que retornavam ao mercado, com suas banquinhas dobradas no ombro e segurando com a outra mão uma enorme canastra de palha trançada que continha as mercadorias. E de repente, quando o captor avisava, o velho árabe puxava as rédeas, e o veículo parava. O captor tinha avistado uma das suas infelizes presas, cavando febrilmente numa lixeira, lançando frequentes olhares apavorados para trás, ou então trotando veloz ao longo do muro com o ar apressado e inquieto dos cães desnutridos. Galoufa pegava no alto do veículo um chicote rematado numa corrente de ferro que corria por uma argola ao longo do cabo. Avançava com o passo flexível, rápido e silencioso do caçador em direção à fera, chegava perto e, se ela não tivesse a coleira que é a marca dos filhos de família, corria para ele[1] com uma velocidade brusca e surpreendente e passava em torno de seu pescoço a arma que funcionava como um laço de ferro e couro. O animal, estrangulado de repente, debatia-se loucamente, emitindo gemidos desarticulados. Mas o homem rapidamente [o] arrastava até o veículo, abria uma das grades e, levantando o cão cada vez mais estrangulado, atirava-o na gaiola, tomando o cuidado de passar o cabo do laço de volta pelas barras. Capturado o cão, ele afrouxava a corrente de ferro e soltava o pescoço do animal agora cativo. Era pelo menos como as coisas aconteciam quando o

---

1 *Sic.*

cão não recebia a proteção das crianças do bairro. Pois todas elas formavam uma liga contra Galoufa. Sabiam que os cães capturados eram levados para o canil municipal, guardados durante três dias, depois dos quais, se ninguém fosse reclamá-los, os animais eram abatidos. E mesmo que não soubessem, o lamentável espetáculo da carroça da morte voltando depois de uma ronda frutífera, cheia de animais infelizes de todas as pelagens e de todos os tamanhos, apavorados por trás das barras e deixando na esteira do veículo um rastro de gemidos e uivos de morte, teria sido suficiente para deixá-las indignadas. Por isso, assim que o veículo de cativeiro aparecia no bairro, as crianças alertavam umas às outras. Espalhavam-se por todas as ruas do bairro para perseguir os cães, mas a fim de escorraçá-los para outras áreas da cidade, longe do terrível laço. Se, apesar dessas precauções, como várias vezes aconteceu a Pierre e Jacques, o captor descobrisse um cão vadio na presença deles, a tática era sempre a mesma. Antes que o caçador pudesse aproximar-se suficientemente da caça, Jacques e Pierre começavam a gritar "Galoufa, Galoufa" com voz tão aguda e terrível, que o cão dava no pé a toda velocidade e em questão de segundos estava fora de alcance. Nesse momento, os dois meninos também tinham de dar mostra de sua aptidão para correr, pois o infeliz Galoufa, que era gratificado por cada cão capturado, louco de raiva, passava a caçá-los brandindo seu chicote. Os adultos em geral os ajudavam na fuga, fosse atrapalhando Galoufa, fosse simplesmente detendo-o e pedindo que cuidasse dos cães. Os trabalhadores do bairro, todos caçadores, gostavam dos cães em geral e não tinham a menor consideração por essa curiosa profissão. Como dizia o tio Ernest: "Ele folgado!" Acima de toda essa agitação, o velho árabe que conduzia os cavalos reinava, silencioso, impassível, ou, quando as discussões se prolongavam, começava a enrolar tranquilamente um cigarro. E as crianças, tivessem capturado gatos ou libertado cães, apressavam-se em seguida, pelerines ao vento se fosse inverno, ou então estalando suas sandálias (chamadas de *mevas*) se fosse verão, em direção à escola e ao estudo. Uma olhadela para as bancas de frutas, ao atravessarem o mercado, e, conforme a estação, montanhas de nêsperas, laranjas, tangerinas, damascos, pêssegos, tangerinas,[1] melões e melancias desfilavam em torno delas que só poderiam provar as menos caras, e em quantidade limitada; duas ou três rodadas de "cavalo de alças" na borda lustrosa do grande tanque do chafariz, sem largar a pasta da escola, e corriam ao longo dos depósitos do bulevar Thiers, recebiam na cara o cheiro de laranja que saía da fábrica onde elas eram descascadas para preparar licores com as cascas, subiam por uma ruazinha de jardins e mansões e finalmente desembocavam na rua Aumerat, fervilhante com uma multidão infantil que, em meio às conversas, esperava a abertura dos portões.

A seguir vinha a aula. Com o Sr. Bernard, a aula era sempre interessante pelo simples motivo de que ele amava apaixonadamente a profissão. Lá fora, o sol

---

1 *Sic.*

podia bramir sobre as paredes fulvas enquanto o calor crepitava na própria sala de aula, apesar de mergulhada na sombra dos toldos de grossas faixas amarelas e brancas. A chuva também podia cair como costuma fazer na Argélia, em intermináveis cataratas, transformando a rua num poço escuro e úmido, a turma mal chegava a se distrair. Só as moscas às vezes desviavam a atenção das crianças na época das tempestades. Eram capturadas e aterrissavam nos tinteiros, onde tinha início para elas uma morte pavorosa, afogadas na borra violeta que enchia os pequenos tinteiros de porcelana de forma cônica que eram enfiados em buracos da carteira. Mas o método do Sr. Bernard, que consistia em não ceder nem um pouco em matéria de comportamento e, ao contrário, tornar sua didática viva e divertida, vencia até mesmo as moscas. Ele sempre sabia tirar do armário de tesouros, no momento exato, a coleção de minerais, o herbário, as borboletas e os insetos conservados, os mapas ou... que despertavam novamente o interesse vacilante dos alunos. Era o único da escola que conseguira uma lanterna mágica, e duas vezes por mês fazia projeções sobre temas de história natural ou geografia. Em aritmética, instituíra um concurso de cálculo mental que obrigava o aluno a desenvolver rapidez intelectual. Propunha à turma, na qual todos deviam estar de braços cruzados, os termos de uma divisão, de uma multiplicação ou às vezes de uma adição meio complicada. Quanto são 1.267 + 691? O primeiro que apresentasse a solução correta ganhava um ponto na classificação mensal. Quanto ao resto, usava os livros didáticos com competência e precisão... Os livros didáticos eram sempre os utilizados na metrópole. E aquelas crianças, que só conheciam o siroco, a poeira, os aguaceiros fenomenais e breves, a areia das praias e o mar em chamas debaixo do sol, liam com aplicação, dando destaque a vírgulas e pontos, narrativas para elas míticas, em que crianças de gorro e cachecol de lã, calçando tamancos, voltavam para casa no frio gélido, arrastando feixes de lenha por caminhos cobertos de neve, até avistarem o teto nevado da casa, em que a chaminé fumegante deixava claro que a sopa de ervilha estava sendo cozida no fogo. Para Jacques, aquelas histórias eram o próprio exotismo. Sonhava com elas, enchia suas redações de descrições de um mundo que nunca tinha visto e não se cansava de interrogar a avó sobre uma nevasca de uma hora que ocorrera vinte anos antes na região de Argel. Para ele, aqueles relatos faziam parte da poderosa poesia da escola, que também se alimentava do cheiro de verniz das réguas e dos estojos, do delicioso sabor da alça da sua pasta, que ele mastigava demoradamente quando penava nas tarefas, do cheiro amargo e rascante da tinta violeta, sobretudo quando era a sua vez de encher os tinteiros com uma enorme garrafa escura em cuja rolha tinha sido introduzido um tubo recurvado de vidro, e Jacques cheirava contente o orifício do tubo, do contato macio das páginas lisas e lustrosas de certos livros, das quais vinha também um cheiro bom de impressão gráfica e cola, e por fim, nos dias de chuva, daquele cheiro de lã molhada exalado pelas japonas de lã no fundo da sala e que era uma espécie de prefiguração daquele universo edênico em que as crianças de tamancos e gorro de lã corriam pela neve em direção à casa quentinha.

Só a escola dava essas alegrias a Jacques e Pierre. E o que tão ardentemente amavam nela era sem dúvida o que não encontravam em casa, onde a pobreza e a ignorância tornavam a vida mais dura, mais tristonha, como que fechada em si mesma; a miséria é uma fortaleza sem ponte levadiça.

Mas não era só isso, pois Jacques se sentia a mais miserável das crianças nas férias, quando, para se livrar daquele garoto incansável, a avó o mandava para uma colônia de férias com mais umas cinquenta crianças e um punhado de monitores, nas montanhas de Zaccar, em Miliana, onde eles ocupavam a escola equipada com dormitórios coletivos, comendo e dormindo confortavelmente, brincando e passeando dias inteiros, vigiados por enfermeiras gentis, e, apesar de tudo isso, quando chegava a noite e a escuridão subia a toda velocidade as encostas das montanhas e do quartel vizinho o clarim começava a lançar, no enorme silêncio da cidadezinha perdida nas montanhas a uma centena de quilômetros de qualquer lugar realmente frequentado, as notas melancólicas do toque de recolher, o menino se sentia invadido por um desespero sem limite e clamava em silêncio pela pobre casa carente de toda a sua infância.

Não, a escola não lhes servia apenas para a evasão da vida em família. Pelo menos na aula do Sr. Bernard, ela nutria neles uma fome mais essencial à criança do que ao adulto, que é a fome da descoberta. Nas outras aulas, muitas coisas lhes eram ensinadas sem dúvida, mas um pouco do jeito como os gansos são empanturrados. Apresentavam-lhes um alimento prontinho, pedindo-lhes que tivessem a bondade de engoli-lo. Na aula do Sr. Germain,[1] sentiam pela primeira vez que existiam e eram alvo de grande consideração: eram julgados dignos de descobrir o mundo. E, além disso, o professor não se dedicava apenas a lhes transmitir o que era pago para ensinar, mas os acolhia com simplicidade em sua vida pessoal, convivia com eles, contando-lhes sua infância e a história de crianças que conhecera, expunha-lhes seus pontos de vista, não suas ideias, pois era, por exemplo, anticlerical como muitos colegas e jamais pronunciava em sala de aula uma palavra contra a religião nem contra nada que pudesse representar uma escolha ou uma convicção, mas nem por isso deixava de condenar com veemência o que estava fora de discussão, o roubo, a delação, a indelicadeza, a falta de asseio.

Mas, sobretudo, falava-lhes da guerra ainda tão próxima e da qual participara durante quatro anos, do sofrimento, da coragem, da paciência dos soldados e da felicidade do armistício. No fim de cada trimestre, antes de os liberar para as férias, e, vez por outra, quando os horários permitiam, adquirira o hábito de ler para eles longos trechos de *As cruzes de madeira*, de Dorgelès. Para Jacques, aquelas leituras abriam ainda mais as portas do exotismo, mas um exotismo no qual rondavam o medo e a infelicidade, embora ele só fizesse uma

---

[1] Aqui o autor dá ao professor seu nome verdadeiro.

associação meramente teórica com o pai que não conhecera. Apenas escutava de todo o coração uma história que seu professor lia de todo o coração e que mais uma vez lhe falava da neve e do seu querido inverno, mas também de homens extraordinários, vestidos de roupas pesadas e endurecidas pela lama, que falavam uma linguagem estranha e viviam em buracos debaixo de um teto de obuses, foguetes sinalizadores e balas. Ele e Pierre esperavam cada leitura com impaciência cada vez maior. Aquela guerra de que todo mundo ainda falava (e Jacques ouvia Daniel em silêncio, mas com toda a atenção, quando ele contava à sua maneira a batalha do Marne, de que participara e da qual nem sabia como havia escapado quando eles, zuavos, segundo dizia, tinham sido postos em posição de combate e depois no ataque desceram a uma ravina atacando e não havia ninguém diante deles e eles caminhavam e de repente os metralhadores quando eles estavam no meio da descida caíam uns sobre os outros e o fundo da ravina cheio de sangue e os que gritavam mamãe era terrível), que os sobreviventes não conseguiam esquecer e cuja sombra pairava sobre tudo o que se decidia em torno deles e sobre todos os projetos feitos para uma história fascinante e mais extraordinária que os contos de fadas que eram lidos nas outras aulas e que eles teriam ouvido com decepção e tédio, se o Sr. Bernard decidisse mudar a programação. Mas ele continuava, cenas divertidas se alternavam com descrições terríveis, e aos poucos as crianças africanas travavam conhecimento com... x y z que faziam parte da sua sociedade, sobre os quais falavam como se fossem velhos amigos, presentes e tão vivos que Jacques, pelo menos, não imaginava nem por um segundo que, embora vivessem na guerra, corressem o risco de ser suas vítimas. E no dia em que, no fim do ano, tendo chegado ao fim do livro, o Sr. Bernard leu com voz mais abafada a morte de D., quando fechou o livro em silêncio, confrontado com sua emoção e suas recordações, para erguer os olhos para a turma mergulhada em espanto e silêncio, ele viu Jacques na primeira fila olhando fixamente, com o rosto coberto de lágrimas, sacudido por soluços intermináveis, parecendo destinados a nunca mais acabar.

— Força, menino, força — disse o Sr. Bernard com uma voz quase imperceptível, e levantou-se para devolver o livro ao armário, de costas para a turma.

— Espere, menino — disse o Sr. Bernard. Levantou-se com dificuldade e passou a unha do indicador na grade da gaiola do canário, que gorjeou com mais vontade ainda. — Ah! Casimir, temos fome, estamos pedindo ao papai.

E se [propagou] até sua carteira de estudante no fundo da sala, perto da lareira. Remexeu numa gaveta, fechou-a, abriu outra, tirou alguma coisa.

— Tome — disse —, é para você.

Jacques recebeu um livro encapado de papel pardo de mercearia e sem nada escrito na capa. Antes mesmo de abri-lo, já sabia que era *As cruzes de madeira*, o mesmo exemplar com o qual o Sr. Bernard fazia a leitura em sala de aula.

— Não, não, é... — disse ele.

Queria dizer: é bonito demais. Mas não achava palavras. O Sr. Bernard balançava a velha cabeça.

— Você chorou no último dia, lembra? Desde esse dia, o livro é seu.

E virou-se para esconder os olhos de repente avermelhados. Dirigiu-se de novo à carteira, e então, com as mãos para trás, voltou na direção de Jacques e, brandindo diante do nariz dele uma régua vermelha, curta e forte, disse-lhe, rindo:

— Lembra-se da bengala doce?

— Ah, senhor Bernard — disse Jacques —, o senhor a guardou? Agora é proibido, como sabe.

— Bah, era proibido na época. Mas você é testemunha de que eu usava!

Jacques era testemunha, pois o Sr. Bernard era favorável aos castigos corporais. É verdade que normalmente a punição consistia apenas em pontos negativos, que no fim do mês ele deduzia do número de pontos ganhos pelo aluno, fazendo-o assim descer na classificação geral. Mas, nos casos graves, o Sr. Bernard não se dava o trabalho, como muitas vezes faziam seus colegas, de mandar o contraventor para a sala do diretor. Tratava ele mesmo de agir, obedecendo a um rito imutável.

— Meu pobre Robert — dizia calmamente e mantendo o bom humor —, vamos ter de recorrer à bengala doce.

Ninguém reagia na turma (só para rir à socapa, de acordo com a regra constante do coração humano, segundo a qual a punição de uns é sentida como gozo pelos outros). O menino se levantava, pálido, mas quase sempre se esforçando para manter aparência tranquila (alguns se afastavam da carteira já engolindo as lágrimas e se dirigiam para a mesa, ao lado da qual já se postava o Sr. Bernard, diante do quadro-negro). Sempre de acordo com o ritual, em que entrava uma ponta de sadismo, o próprio Robert ou Joseph ia pegar a "bengala doce" na mesa para entregá-la ao sacrificador.

A bengala doce era uma régua curta e grossa de madeira vermelha, manchada de tinta, deformada por ranhuras e entalhes, muito tempo antes confiscada pelo Sr. Bernard a algum aluno esquecido; o aluno a entregava ao Sr. Bernard, que em geral a recebia com um ar de galhofa e afastava as pernas. O menino tinha de botar a cabeça entre os joelhos do professor, que, apertando as coxas, a prendia com força. E, nas nádegas assim expostas, o Sr. Bernard aplicava, em função da ofensa, um número variável de boas reguadas, igualitariamente repartidas em cada nádega. As reações a essa punição diferiam segundo os alunos. Uns já começavam a gemer antes de receber as reguadas, e o professor observava então, impávido, que estavam adiantados, outros protegiam ingenuamente as nádegas com as mãos, afastadas pelo Sr. Bernard com uma pancada negligente. Outros, com a ardência das reguadas, escoiceavam ferozmente. Havia também aqueles que, tais como Jacques, suportavam as pancadas sem dizer palavra, tremendo, e voltavam ao seu lugar engolindo grossas lágrimas. De modo geral, contudo, o castigo era aceito sem ressentimento, para começar porque quase todas aquelas crianças apanhavam em casa, e o corretivo lhes parecia um modo natural de educação, depois, porque a equidade do professor era absoluta, sabendo-se de antemão que tipo de infração, sempre as mesmas, acarretava a cerimônia expiatória, e todo aquele que ultrapassasse o limite dos atos que implicavam apenas o ponto negativo sabia o risco que estava correndo, sendo a sentença aplicada com caloroso igualitarismo aos primeiros como aos últimos. Jacques, de quem era visível que o Sr. Bernard gostava muito, sofria o castigo como os outros, e o sofreu até mesmo no dia seguinte àquele em que o Sr. Bernard lhe manifestara publicamente sua preferência. Diante do quadro-negro, Jacques deu uma resposta certa, e o Sr. Bernard lhe fez um afago no rosto, ao que uma voz murmurou na sala: "Queridinho." O Sr. Bernard puxou-o para junto de si e disse com uma espécie de gravidade:

— Sim, tenho uma preferência por Cormery, como por todos aqui que perderam o pai na guerra. Eu estive na guerra com os pais deles e estou vivo. E aqui tento pelo menos substituir meus companheiros mortos. E agora, se alguém quiser dizer que eu tenho "queridinhos", que se manifeste!

A descompostura foi recebida em total silêncio. Na saída, Jacques perguntou quem o tinha chamado de "queridinho". E de fato, aceitar semelhante insulto sem reagir seria perder a honra.

— Eu — disse Munoz, um louro alto todo flácido e sem graça, que raramente se manifestava, mas sempre manifestava sua antipatia por Jacques.

— Bom — disse Jacques —, então é a puta que o pariu.

Era outra injúria ritual que ocasionava imediatamente uma batalha, sendo o insulto à mãe e aos mortos o mais grave às margens do Mediterrâneo, por toda a eternidade. Munoz, porém, hesitava. Mas rito é rito, e os outros falaram por ele.

— Vamos, para o campo verde.

O campo verde era uma espécie de terreno baldio não distante da escola, onde crescia em crostas um capim mirrado, atulhado de aros velhos, latas de conserva e barris podres. Era lá que ocorriam as *donnades*. *Donnades* eram simplesmente duelos, em que os punhos substituíam a espada, mas obedecendo a um cerimonial idêntico, pelo menos no seu espírito. O objetivo era resolver uma disputa em que estava em jogo a honra de um dos adversários, fosse por terem insultado seus ascendentes diretos ou seus antepassados, fosse por ter sido depreciada sua nacionalidade ou sua raça, fosse por ter sido denunciado ou acusado de ter sido denunciado, roubado ou acusado de ter roubado, ou então por motivos mais obscuros, como esses que surgem todo dia numa sociedade de crianças. Quando um dos alunos considerava, ou sobretudo quando consideravam por ele (e ele se dava conta disso) que fora ofendido de tal maneira que era preciso lavar a ofensa, a fórmula ritual era: "Às quatro horas no campo verde." Proferida a frase, a excitação diminuía, e os comentários cessavam. Cada um dos adversários se retirava, seguido dos amigos. Nas aulas que se seguiam, a notícia corria de carteira em carteira com o nome dos campeões, que eram olhados de soslaio e, consequentemente, aparentavam a calma e a resolução características da virilidade. No íntimo a coisa era outra, e até os mais corajosos distraíam-se do estudo por causa da angústia de ver se aproximar o momento em que deviam enfrentar a violência. Mas não se podia permitir que os colegas do campo adversário zombassem e acusassem o campeão, segundo a expressão consagrada, de estar com "o cu apertado".

Jacques, tendo cumprido seu dever de homem ao provocar Munoz, apertava-o em todo caso prodigiosamente, como toda vez que se metia em situação de enfrentar a violência e exercê-la. Mas sua resolução estava tomada, e nem por um segundo passava por sua mente a possibilidade de recuar. Era a ordem natural das coisas, e ele também sabia que aquela leve repugnância que lhe apertava o coração antes da ação desapareceria no momento do combate, levada embora por sua própria violência, que, aliás, o desservia taticamente tanto quanto lhe servia... e que lhe valera em.[1]

Na noite da luta com Munoz, tudo transcorreu de acordo com os ritos. Os combatentes, acompanhados dos apoiadores transformados em auxiliares que já carregavam a pasta escolar do campeão, foram os

---
1 Aqui o trecho é interrompido.

primeiros a chegar ao campo verde, seguidos por todos aqueles que se sentiam atraídos pela briga e, no campo de batalha, acabavam cercando os adversários, que se livravam da pelerine e do paletó entregando-os aos auxiliares. Dessa vez a impetuosidade foi útil a Jacques, que avançou primeiro, sem muita convicção, obrigou Munoz a recuar, e este, recuando a esmo e esquivando-se desajeitadamente dos ganchos do adversário, atingiu Jacques na face com um soco que doeu e o encheu de uma raiva que os gritos, as risadas e os estímulos da assistência tornaram mais cega. Ele partiu para cima de Munoz, cobriu-o com uma chuva de murros, deixando-o desnorteado, e teve a sorte de acertar um gancho enfurecido no olho direito do infeliz, que, desequilibrado, caiu miseramente de bunda, chorando com um olho enquanto o outro inchava na hora. O olho pisado, golpe supremo e muito apreciado por consagrar durante vários dias e de maneira visível o triunfo do vencedor, levou todos os presentes a soltar urros de sioux. Munoz não se levantou logo, e Pierre, o amigo íntimo, interveio imediatamente com autoridade para declarar Jacques vencedor, ajudá-lo a vestir o paletó, cobri-lo com sua pelerine e conduzi-lo, cercado de um cortejo de admiradores, enquanto Munoz se levantava, ainda chorando, e se vestia no meio de um pequeno círculo consternado. Atordoado com a rapidez de uma vitória que não esperava ser tão completa, Jacques mal ouvia ao seu redor os cumprimentos e os relatos já embelezados do combate. Queria se sentir satisfeito, e assim se sentia em algum lugar da sua vaidade; no entanto, ao deixar o campo verde, voltando-se para Munoz, sentiu uma tristeza sombria de repente apertar-lhe o coração, ao ver o rosto arrasado daquele que ele havia esmurrado. E soube naquele momento que guerra não é coisa boa, pois vencer um homem é tão amargo quanto ser vencido por ele.

Para tornar mais perfeita a lição, fizeram-no tomar consciência, sem demora, de que a rocha Tarpeia fica perto do Capitólio. No dia seguinte, sob os cutucões de admiração dos colegas, ele se sentiu obrigado a assumir ares pretensiosos e a se pavonear. Como Munoz não respondesse à chamada no início da aula e os vizinhos de Jacques comentassem a ausência com risinhos irônicos e piscadelas para o vencedor, Jacques cedeu à tentação de mostrar aos colegas o olho meio fechado, estufando a bochecha, e, sem se dar conta de que o Sr. Bernard olhava para ele, foi adiante com uma mímica grotesca que desapareceu num piscar de olhos quando a voz do professor ressoou na sala, de repente silenciosa:

— Meu pobre queridinho do professor — disse sério o gozador —, você tem direito à bengala doce, como todo mundo.

O grande vitorioso teve de se levantar, buscar o instrumento de suplício e imergir no fresco perfume de água-de-colônia que cercava o Sr. Bernard, para assumir enfim a postura ignominiosa do suplício.

O caso Munoz não acabaria com essa lição de filosofia prática. A ausência do garoto durou dois dias, e Jacques estava vagamente preocupado, apesar dos ares presunçosos, quando, no terceiro dia, um aluno mais velho entrou na sala e avisou ao Sr. Bernard que o diretor queria falar com o aluno Cormery. A convocação à sala do diretor só ocorria em casos graves, e o professor, elevando as grossas sobrancelhas, disse apenas:

— Anda logo, mosquito. Espero que não tenha feito nenhuma besteira.

De pernas bambas, Jacques seguia o aluno mais velho pela galeria que ficava acima do pátio cimentado e plantado com pimenteiras-bastardas, cuja sombra delicada não protegia do calor tórrido, até a sala do diretor, que ficava na outra extremidade da galeria. A primeira coisa que ele viu ao entrar foi, diante da escrivaninha do diretor, Munoz entre uma senhora e um senhor carrancudo. Apesar do olho tumefato e completamente fechado que desfigurava o colega, ele teve uma sensação de alívio ao vê-lo vivo. Mas não teve tempo de saborear o alívio.

— Foi você que bateu no seu colega? — perguntou o diretor, homenzinho careca de rosto rosado e voz enérgica.

— Sim — respondeu Jacques com uma voz apagada.

— É como eu dizia, senhor — disse a mulher. — André não é nenhum desordeiro.

— Nós lutamos — disse Jacques.

— Não quero saber — disse o diretor. — Você sabe que eu proíbo qualquer tipo de luta, mesmo fora da escola. Você machucou o seu colega e poderia tê-lo machucado com mais gravidade ainda. Como primeira advertência, vai ficar de castigo num canto durante uma semana na hora do recreio. Se fizer de novo, será expulso. Vou comunicar a punição aos seus pais. Pode voltar para a sala.

Atônito, Jacques não se mexia.

— Vá — disse o diretor.

— E aí, Fantômas?[a] — perguntou o Sr. Bernard quando Jacques voltou à sala.

Jacques estava chorando.

— Conte, estou ouvindo.

Com a voz entrecortada, o menino anunciou primeiro a punição, depois que os pais de Munoz tinham se queixado e em seguida revelou a luta.

— Mas por que lutaram?

— Ele me chamou de "queridinho".

— Outra vez?

— Não, aqui na sala.

— Ah, foi ele! E você achou que eu não tinha te defendido o suficiente...

Jacques olhava para o Sr. Bernard com forte sentimento.

— Sim! Defendeu, sim! O senhor...

E começou a soluçar.

— Vá se sentar — disse o Sr. Bernard.

— Não é justo — disse o menino entre lágrimas.

— É, sim — disse-lhe baixinho.[1]

No dia seguinte, na hora do intervalo, Jacques foi para o castigo no fundo do recreio, de costas para o pátio, para os gritos alegres dos colegas. Apoiava-se ora numa

---

(a) Personagem de dezenas de romances, criado por Marcel Allain e Pierre Souvestre. (*N. da T.*)

1 Aqui o trecho é interrompido.

perna, ora em outra, morrendo de vontade de correr também. De vez em quando, dava uma olhada para trás e via o Sr. Bernard passeando com os colegas num canto do pátio sem olhar para ele. Mas no segundo dia não viu quando ele chegou por trás e lhe deu um tapinha na nuca:

— Não faça essa cara, tampinha. O Munoz também está de castigo. Pode olhar, eu dou autorização.

Do outro lado do pátio, de fato lá estava o Munoz, sozinho e tristonho.

— Os teus cúmplices se recusam a brincar com ele durante a semana inteira em que você estiver de castigo. — O Sr. Bernard ria. — Está vendo, os dois estão sendo punidos. É a regra.

E inclinou-se para o menino, dizendo-lhe, com um sorriso afetuoso que inundou o coração do condenado com uma onda de ternura:

— Caramba, mosquito, quem te vê não pode acreditar que você tem aquele gancho!

Jacques nunca deixara de amar aquele homem que hoje conversava com seu canário e o chamava de "menino", embora ele tivesse quarenta anos, nem quando os anos, a distância e, por fim, a Segunda Guerra Mundial os tinham separado, primeiro em parte, depois completamente, deixando-o sem notícias dele, mas feliz como uma criança quando, em 1945, um veterano da reserva, com capote de soldado, foi tocar sua campainha, em Paris, e era o Sr. Bernard, que tinha se alistado de novo, "não para a guerra", dizia, "mas contra Hitler, e você também lutou, menino, ah, eu sabia que era de boa raça, e também não se esqueceu da mãe, espero, muito bom, sua mãe é o que há de melhor no mundo, e agora vou voltar para Argel, vá me visitar", e fazia quinze anos que Jacques ia visitá-lo todo ano, cada ano como hoje, quando abraçava, ao se despedir, o velho comovido que lhe estendia a mão na soleira da porta, e era ele que tinha lançado Jacques no mundo, assumindo sozinho a responsabilidade de desenraizá-lo para que tomasse o rumo de descobertas ainda maiores.

O ano letivo chegava ao fim, e o Sr. Bernard fizera um comunicado a Jacques, Pierre, Fleury — uma espécie de fenômeno que se saía bem em todas as matérias, "ele tem uma cabeça politécnica", dizia o professor — e Santiago, belo rapaz, menos inteligente, mas que se saía bem por ser muito aplicado:

— É o seguinte — disse o Sr. Bernard quando a sala se esvaziou. — Vocês são meus melhores alunos. Decidi inscrevê-los na bolsa de liceus e colégios. Se passarem, terão uma bolsa e poderão fazer todos os estudos no liceu até o *baccalauréat*.[a] A escola primária é a melhor que existe. Mas não os levará a nada. O liceu vai lhes abrir todas as portas. Prefiro que sejam garotos pobres como vocês que entrem por essas portas. Mas para isso preciso da autorização dos seus pais. Corram.

Eles foram saindo, estupefatos e, sem sequer trocarem ideias, separaram-se. Jacques encontrou a avó sozinha em casa, catando lentilhas sobre o oleado da mesa,

---

[a] Exame que marca o fim do segundo ciclo do ensino médio e possibilita acesso aos cursos superiores. (*N. da T.*)

na sala de jantar. Hesitava e acabou decidindo esperar a chegada da mãe. Ela chegou, visivelmente cansada, amarrou um avental na cintura e foi ajudar a avó a catar lentilhas. Jacques ofereceu-se para ajudar e foi-lhe entregue o prato de grossa porcelana branca, no qual era mais fácil separar as pedrinhas e as lentilhas boas. Com a cara quase enfiada no prato, ele deu a notícia.

— Mas que história é essa? — perguntou a avó. — Com que idade se faz esse exame?

— Daqui a seis anos — disse Jacques.

A avó empurrou seu prato.

— Está ouvindo? — disse a Catherine Cormery.

Mas ela não tinha ouvido. Jacques repetiu a notícia, falando devagar.

— Ah! É porque você é inteligente.

— Inteligente ou não, ele devia se tornar aprendiz no ano que vem. Você sabe muito bem que não temos dinheiro. Ele vai trazer a paga da semana.

— É verdade — disse Catherine.

A luz e o calor começavam a atenuar-se lá fora. Naquela hora em que as oficinas funcionavam a pleno vapor, o bairro ficava vazio e silencioso. Jacques olhava para a rua. Não sabia o que queria, apenas que precisava obedecer ao Sr. Bernard. Mas, com nove anos, não podia nem sabia desobedecer à avó. No entanto, estava claro que ela hesitava.

— E o que você faria depois?

— Não sei. Talvez professor, como o Sr. Bernard.

— Sim, daqui a seis anos!

E catava lentilhas mais devagar.

— Ah! — disse. — Melhor não, somos pobres demais. Diga ao Sr. Bernard que não podemos.

No dia seguinte, os outros três comunicaram a Jacques que as respectivas famílias tinham concordado.

— E você?

— Não sei — disse ele, e sentir-se de repente mais pobre ainda que os amigos apertava-lhe o coração.

Depois da aula, os quatro ficaram. Pierre, Fleury e Santiago deram suas respostas.

— E você, mosquito?

— Não sei.

O Sr. Bernard olhava para ele.

— Está bem — disse então aos outros. — Mas terão de estudar comigo à noite, depois da aula. Vou cuidar disso, podem ir.

Quando saíram, o Sr. Bernard sentou-se em sua cadeira de braço e puxou Jacques para perto de si.

— E aí?

— Minha avó diz que nós somos pobres demais e que eu preciso trabalhar no ano que vem.

— E sua mãe?

— É a minha avó que manda.

— Eu sei — disse o Sr. Bernard.

Ele estava pensando, depois abraçou Jacques.

— Escute: é preciso entendê-la. A vida é difícil para ela. As duas sozinhas criaram vocês dois, seu irmão e você, e fizeram de vocês os bons meninos que são. E ela tem medo, é inevitável. Será preciso te ajudar mais um pouco, apesar da bolsa, e de qualquer maneira você não vai levar dinheiro para casa durante seis anos. Consegue entendê-la?

Jacques balançou a cabeça de baixo para cima sem olhar para o professor.

— Bom. Mas talvez a gente possa explicar isso a ela. Pegue sua pasta, vou com você!

— Lá em casa? — disse Jacques.

— Claro, terei prazer em rever sua mãe.

Pouco depois, o Sr. Bernard, diante dos olhos perplexos de Jacques, batia à porta da sua casa. A avó veio abrir, enxugando as mãos no avental, cujo laço apertado demais ressaltava sua barriga de velha. Ao ver o professor, fez um gesto na direção dos cabelos, para ajeitá-los.

— Então, vovó — disse o Sr. Bernard —, na labuta, como sempre? A senhora tem mérito!

A avó convidava o visitante a entrar no quarto, que tinha de ser atravessado para se chegar à sala de jantar, acomodava-o perto da mesa e pegava copos e anisete.

— Não se incomode, vim apenas trocar dois dedos de prosa com as senhoras.

Para começar, perguntou pelos filhos, depois sobre a vida na fazenda, o marido, falou dos próprios filhos. Nesse momento, Catherine Cormery entrou, alvoroçou-se, chamou o Sr. Bernard de "senhor professor" e voltou ao quarto para se pentear e vestir um avental limpo, vindo sentar-se na beirada de uma cadeira meio distante da mesa.

— Você — disse o Sr. Bernard a Jacques —, vá ver se eu estou lá na esquina. Sabe como é — continuou, dirigindo-se à avó —, vou falar bem dele e ele é capaz de acreditar que é verdade...

Jacques saiu, desceu as escadas e postou-se junto à porta de entrada. Ainda estava lá uma hora depois, e a rua já se animava, o céu através dos fícus ia ficando esverdeado, quando o Sr. Bernard desembocou da escada, surgindo atrás dele. Afagou-lhe a cabeça.

— Muito bem — foi dizendo —, está acertado. Sua avó é uma boa mulher. Já a sua mãe... Ah! — disse —, nunca a esqueça.

— Senhor — chamou de repente a avó, surgindo do corredor. Segurava o avental numa das mãos e enxugava os olhos. — Eu esqueci... o senhor disse que daria aulas extras a Jacques.

— Claro — disse o Sr. Bernard. — E ele não vai se divertir, pode acreditar!

— Mas nós não vamos poder pagar.

O Sr. Bernard olhava para ela atentamente. Segurava Jacques pelos ombros.

— Não se preocupe — e sacudia Jacques —, ele já me pagou.

Ele já se fora, e a avó pegava Jacques pela mão para voltar ao apartamento, e pela primeira vez lhe apertava a mão, muito forte, com uma espécie de ternura desesperada.

— Meu menino — dizia —, meu menino.

Durante um mês, todos os dias depois da aula, o Sr. Bernard permanecia duas horas com os quatro meninos para fazê-los estudar. Jacques voltava à noite cansado e ao mesmo tempo entusiasmado, e ainda retomava os deveres. A avó o observava com um misto de tristeza e orgulho.

— Ele tem boa cabeça — dizia Ernest, convicto, batendo no próprio crânio com o punho.

— Tem — concordava a avó. — Mas o que será de nós?

Certa noite, ela teve um sobressalto:

— E a primeira comunhão dele?

Na verdade, a religião não tinha espaço na família.[1] Ninguém ia à missa, ninguém invocava ou ensinava os mandamentos divinos nem fazia alusão às recompensas e aos castigos do além. Quando se dizia na presença da avó que alguém tinha morrido, ela dizia: "Bom, vai parar de peidar." Se fosse alguém por quem se esperava que ela pelo menos tivesse algum afeto: "Coitado, ainda era novo", dizia, mesmo que o defunto já estivesse há muito em idade de morrer. Não era inconsciência por parte dela. Pois tinha visto muita gente morrer ao seu redor. Os dois filhos, o marido, o genro e todos os sobrinhos na guerra. Mas, justamente, a morte lhe era tão familiar quanto o trabalho ou a pobreza, ela não pensava na morte, mas a vivia de alguma maneira, e, além do mais, a necessidade do presente era forte demais para ela, mais do que para os argelinos em geral, destituídos pelas preocupações e pelo destino coletivo da devoção funerária que floresce no apogeu das civilizações. Para eles, era uma provação que precisava ser enfrentada, como haviam feito os que tinham vindo

---

[1] À margem: três linhas ilegíveis.

antes, dos quais nunca falavam, e na qual tentariam demonstrar a coragem que consideravam a principal virtude do ser humano, mas que, enquanto não acontecia, era preciso tentar esquecer e afastar. (Donde o aspecto meio cômico que todos os enterros ganhavam. O primo Maurice?) Se a essa disposição geral acrescentarmos a dureza das labutas e do trabalho cotidiano, para não falar, no que diz respeito à família de Jacques, do terrível desgaste da pobreza, será difícil encontrar espaço para a religião. Para o tio Ernest, que vivia no nível da sensação, religião era o que ele via, ou seja, o padre e a pompa. Valendo-se do seu talento cômico, ele não perdia uma oportunidade de arremedar o cerimonial da missa, enfeitando-o com onomatopeias [encadeadas] que imitavam o latim e, para concluir, representando ao mesmo tempo os fiéis que abaixavam a cabeça ao som do sino e o padre que, aproveitando-se dessa atitude, bebia sub-repticiamente o vinho da missa. Já Catherine Cormery era a única dona de uma doçura que podia levar a pensar em fé, mas justamente a doçura era toda a sua fé. Ela não negava nem aprovava, rindo um pouco das gracinhas do irmão, mas dizia "senhor cura" aos padres que encontrava. Nunca falava em Deus. Palavra que, na verdade, Jacques nunca ouvira ser pronunciada em toda a infância, e ele próprio não se preocupava com isso. A vida, misteriosa e resplandecente, bastava para preenchê-lo por inteiro.

Apesar de tudo isso, quando se falava na família de um enterro civil, não era raro que, paradoxalmente, a avó ou mesmo o tio começassem a deplorar a ausência de padre: "como um cão", diziam. É que para eles, como para a maioria dos argelinos, a religião fazia parte da vida social, e só dela. Era-se católico como se é francês, o que obriga a certo número de ritos. Na verdade, esses ritos eram exatamente quatro: batismo, primeira comunhão, sacramento do casamento (se houvesse casamento) e últimos sacramentos. Entre essas cerimônias, necessariamente muito espaçadas, cuidava-se de outra coisa, em primeiro lugar de sobreviver.

Logo, era evidente que Jacques devia fazer sua primeira comunhão, como fizera Henri, que guardava a pior das lembranças, não da cerimônia em si, mas de suas consequências sociais, principalmente das visitas que em seguida fora obrigado a fazer durante vários dias, de laço no braço, aos amigos e parentes que deviam lhe dar um presentinho em dinheiro, recebido com embaraço pelo menino e cujo montante era em seguida tomado pela avó, que devolvia a Henri uma pequeníssima parte, guardando o resto porque primeira comunhão "custava caro". Mas essa cerimônia ocorria quando a criança tivesse mais ou menos doze anos, depois de frequentar dois anos as aulas de catecismo. Jacques só teria de fazer a primeira comunhão, portanto, no segundo ou terceiro ano de liceu. Mas, justamente, a avó se sobressaltou quando pensou nisso. Fazia uma ideia obscura e meio assustadora do liceu, como um lugar onde era preciso estudar dez vezes mais do que na escola comunal, pois tais estudos levavam a situações melhores, e, na sua cabeça, nenhuma melhora material podia ser alcançada sem aumento de trabalho.

Por outro lado, ela desejava o sucesso de Jacques com todas as forças, em razão dos sacrifícios que acabava de aceitar antecipadamente, e imaginava que o tempo do catecismo seria roubado ao do estudo.

— Não — disse —, você não pode estar ao mesmo tempo no liceu e no catecismo.

— Bom, não vou fazer a primeira comunhão — disse Jacques, pensando sobretudo em escapar da chatice das visitas e da humilhação insuportável de receber dinheiro.

A avó olhou para ele.

— Por quê? Isso pode ter jeito. Vista-se. Vamos falar com o pároco.

Ela se levantou e foi com ar decidido para o quarto. Ao voltar, tinha tirado a bata e a saia de trabalho, pusera seu único vestido de sair [ ][1] abotoado até o pescoço e amarrara na cabeça seu lenço de seda preta. As mechas de cabelos brancos orlavam o lenço, os olhos claros e a boca firme davam-lhe o ar da própria decisão.

Na sacristia da Igreja de São Carlos, construção horrorosa em estilo gótico moderno, ela estava sentada, segurando a mão de Jacques, de pé a seu lado, diante do pároco, sujeito gordo na casa dos sessenta, rosto redondo, um pouco flácido, com um narigão, boca de lábios grossos e sorriso bom debaixo da coroa de cabelos prateados, que mantinha as mãos unidas sobre a batina esticada pelos joelhos afastados.

— Quero que o menino faça a primeira comunhão — disse a avó.

---
1 Uma palavra ilegível.

— Muito bem, senhora, faremos dele um bom cristão. Que idade tem?

— Nove anos.

— Tem toda razão de fazê-lo seguir o catecismo já tão cedo. Em três anos, ele estará perfeitamente preparado para esse grande dia.

— Não — disse a avó secamente. — Precisa ser já.

— Já? Mas as comunhões serão feitas dentro de um mês, e ele só pode se apresentar diante do altar depois de pelo menos dois anos de catecismo.

A avó explicou a situação. Mas o pároco não estava de modo algum convencido da impossibilidade de seguir ao mesmo tempo os estudos secundários e a instrução religiosa. Com paciência e bondade, invocava a própria experiência, dava exemplos... A avó levantou-se.

— Nesse caso, ele não vai fazer primeira comunhão. Venha, Jacques. — E foi puxando o menino em direção à saída. Mas o padre correu atrás deles.

— Espere, senhora, espere.

E, devagar, conduziu-a de volta ao seu lugar, tentou argumentar. Mas a avó sacudia a cabeça como uma velha mula teimosa.

— Ou é já, ou então vai ficar sem.

Por fim, o padre cedeu. Combinou-se que Jacques comungaria um mês depois de receber uma instrução religiosa acelerada. E o padre, sacudindo a cabeça, acompanhou-os até a porta, onde acariciou a face do menino.

— Ouça muito bem o que vão lhe dizer — disse.

E olhava para ele com uma espécie de tristeza.

Jacques acumulou, portanto, as aulas extras com o Sr. Germain e as aulas de catecismo às quintas-feiras e aos sábados à noite. Os exames da bolsa e a primeira comunhão aproximavam-se juntos, e seus dias ficavam sobrecarregados, sem mais tempo para brincar, nem, principalmente, aos domingos, quando ele podia deixar os cadernos de lado, pois a avó o incumbia de fazer trabalhos domésticos e compras, invocando os futuros sacrifícios a que a família se submeteria por sua educação e a longa série de anos em que ele nada mais faria pela casa.

— Mas talvez eu não seja aprovado — disse Jacques.
— O exame é difícil.

E, de certa maneira, ele até chegava a desejar isso, achando grande demais para seu jovem orgulho o peso desses sacrifícios de que lhe falavam constantemente. A avó olhava para ele perplexa. Não tinha pensado nessa eventualidade. Depois dava de ombros e, sem se preocupar com a contradição:

— Pois faça isso — disse — e vai ficar de bunda quente.

As aulas de catecismo eram dadas pelo segundo pároco da paróquia, alto, quase interminável em sua longa batina preta, seco, nariz aquilino e faces encovadas, tão duro quanto o velho pároco era maleável e bom. Seu método de ensino era a recitação, e, apesar de primitivo, talvez fosse o único realmente adequado ao povinho bronco e cabeçudo que ele tinha por missão formar espiritualmente. Era preciso aprender as perguntas e as respostas: "O que é Deus...?" Essas palavras não significavam estritamente nada para os jovens catecúmenos, e Jacques, que tinha excelente memória, as recitava imperturbável sem nunca as entender. Quando outra criança recitava, ele devaneava, ficava no mundo da lua ou fazia caretas para os colegas. Foi uma dessas caretas que o pároco altão surpreendeu certo dia e, achando que lhe era dirigida, julgou de bom alvitre fazer valer o respeito ao caráter sagrado de que estava investido, chamou Jacques para a frente de toda a assembleia das crianças e lá, com sua longa mão ossuda, sem mais explicações, deu-lhe uma violenta bofetada. Jacques quase caiu, tal a força da pancada.

— Agora volte para o seu lugar — disse o pároco.

O menino olhou para ele, sem uma lágrima (e a vida inteira foram sempre a bondade e o amor que o fizeram chorar, nunca o mal ou a perseguição, que fortaleciam seu coração e sua decisão contrária), e voltou ao seu banco. O lado esquerdo do seu rosto ardia, ele estava com gosto de sangue na boca. Com a ponta da língua, descobriu que a parte interna da bochecha se rasgara com a bofetada e estava sangrando. Engoliu o sangue.

Durante todo o resto das aulas de catecismo, ele se alheou, olhando para o padre com calma, sem condenação nem amizade, quando ele lhe dirigia a palavra, recitando sem nenhum erro as perguntas e respostas referentes à pessoa divina e ao sacrifício de Cristo e, a mil léguas do lugar onde recitava, sonhando com aquele duplo exame que afinal se resumia a um só. Afundado nos estudos e no mesmo sonho que prosseguia, comovido apenas, mas de maneira obscura, pelas missas da noite que se sucediam na pavorosa igreja fria, mas onde o órgão lhe permitia ouvir uma música que escutava pela primeira vez, tendo até então ouvido apenas cançõezinhas tolas, e sonhando então com mais densidade, mais profundidade, um sonho povoado de cintilações douradas na penumbra das alfaias e dos trajes sacerdotais, finalmente ao encontro do mistério, mas um mistério sem nome em que as pessoas divinas designadas e rigorosamente definidas pelo catecismo não tinham nada que fazer nem a ver, simplesmente prolongavam o mundo nu em que ele vivia; o mistério caloroso, íntimo e impreciso em que imergia então apenas ampliava o mistério cotidiano do discreto sorriso ou do silêncio de sua mãe, quando ele entrava na sala de jantar, ao anoitecer, e ela, sozinha em casa, não acendera o candeeiro, deixando a noite aos poucos invadir o aposento, enquanto, como forma mais escura e densa ainda, contemplava pensativa, pela janela, os movimentos animados, mas silenciosos para ela, da rua, e então o filho se detinha na soleira da porta, com um aperto no coração, cheio de um amor desesperado pela mãe e por aquilo que, em sua mãe, não pertencia ou deixara de pertencer ao mundo e à vulgaridade dos dias. Depois veio a primeira comunhão, da qual Jacques guardou poucas lembranças, à parte a confissão da véspera, na qual confessou os únicos atos que lhe haviam dito ser condenáveis, ou seja, poucas coisas, e "não teve pensamentos culposos?", "Sim, padre", disse o menino sem pensar, embora ignorasse como um pensamento poderia ser culposo, e até o dia seguinte viveu com medo de deixar escapar sem perceber um pensamento culposo ou, o que lhe parecia mais claro, uma daquelas expressões grosseiras que não faltavam em seu vocabulário de escolar e, bem ou mal, conseguiu segurar pelo menos as palavras até a manhã da cerimônia, quando, usando um terno azul-marinho com laço no braço, carregando um pequeno missal e um rosário de continhas brancas, tudo presenteado pelos parentes menos pobres (a tia Marguerite etc.), brandindo um círio na nave central, no meio de uma fila de outras crianças que carregavam círios sob o olhar extasiado dos pais em pé entre os bancos, e o estrondo da música que então troou deixou-o petrificado, enchendo-o de medo e de uma extraordinária exaltação em que pela primeira vez ele sentiu sua força, sua capacidade infinita de triunfo e de vida, exaltação que tomou conta dele durante toda a cerimônia, distraindo-o de tudo o que acontecia, inclusive do momento da comunhão, e mesmo durante a volta e a refeição em que os parentes convidados se sentaram ao redor de uma mesa mais [opulenta] que de hábito, o que aos poucos foi entusiasmando os convivas habituados a comer e beber pouco, até que o ambiente foi sendo tomado por uma enorme alegria, que destruiu a exaltação de Jacques e até o desconcertou a tal ponto que, na hora da sobremesa, no auge de excitação geral, ele se desfez em lágrimas.

— O que foi que te deu? — quis saber a avó.

— Não sei, não sei.

E a avó, exasperada, deu-lhe uma bofetada.

— Assim você vai saber por que está chorando — disse.
Mas na verdade ele sabia, olhando para a mãe, que, do outro lado da mesa, dirigia-lhe um sorrisinho triste.
— Correu tudo bem — disse o Sr. Bernard. — Pois então, agora, aos estudos.
Mais alguns dias de estudo duro e as últimas aulas ocorreram na casa do próprio Sr. Bernard (descrever o apartamento?), e certa manhã, na parada do bonde, perto da casa de Jacques, os quatro alunos, munidos de uma prancheta mata-borrão, uma régua e um estojo, rodeavam o Sr. Germain, enquanto Jacques via na varanda de casa a mãe e a avó debruçadas, fazendo-lhe largos acenos.

O liceu onde eram prestados os exames ficava exatamente do outro lado, na outra extremidade do arco formado pela cidade ao redor do golfo, num bairro outrora opulento e desinteressante, que, graças à imigração espanhola, tornara-se um dos mais populares e cheios de vida de Argel. O liceu era uma enorme construção quadrada que dominava a rua. Entrava-se por duas escadas laterais e uma frontal, larga e monumental, flanqueada dos dois lados por jardins acanhados com bananeiras e com[1] protegidos por grades contra o vandalismo dos alunos. A escada central desembocava numa galeria que unia as duas escadas laterais e onde se abria a porta monumental utilizada nas grandes ocasiões, ao lado da qual uma porta muito menor, que dava para o cubículo envidraçado do porteiro, era comumente usada.

---

1 Nenhuma palavra aparece em seguida no manuscrito.

Nessa galeria, em meio aos primeiros alunos presentes, que, na maioria, escondiam o medo por trás de uma atitude despreocupada, à parte aqueles em quem a palidez e o silêncio denunciavam ansiedade, o Sr. Bernard e seus alunos esperavam, diante da porta fechada nas primeiras horas ainda frescas da manhã e diante da rua ainda úmida, que dentro em pouco o sol cobriria de poeira. Estavam adiantados bem meia hora, mantinham-se calados, unidos ao redor do mestre, que não encontrava o que lhes dizer e de repente se afastou, dizendo que voltaria. E de fato o viram voltar momentos depois, sempre elegante com chapéu de aba voltada para cima e polainas, que pusera naquele dia, segurando em cada mão dois pacotes de papel de seda simplesmente retorcidos na ponta para serem segurados, e, quando se aproximou, eles viram que o papel estava manchado de gordura.

— Croissants — disse o Sr. Bernard. — Comam um agora e guardem o outro para as dez horas.

Eles agradeceram e comeram, mas a massa mastigada e indigesta mal passava pela garganta.

— Não se afobem — repetia o professor. — Leiam bem o enunciado do problema e o tema da redação. Leiam várias vezes. Vocês têm tempo.

Sim, eles leriam várias vezes, obedeceriam, a ele que sabia tudo e junto de quem a vida não tinha obstáculos, bastava deixar-se guiar por ele. Nesse momento, começou um alvoroço perto da portinha. Os cerca de sessenta alunos já reunidos encaminharam-se naquela direção. Um bedel abrira a porta e lia uma lista. O nome de Jacques foi um dos primeiros a ser chamado. Ele estava segurando a mão do professor, hesitou.

— Vá, meu filho — disse o Sr. Bernard.

Jacques, tremendo, dirigiu-se para a porta e, quando ia passar por ela, voltou-se para o professor. Lá estava ele, alto, sólido, sorria com tranquilidade para Jacques e balançava a cabeça afirmativamente.

Ao meio-dia, o Sr. Bernard os esperava na saída. Eles lhe mostraram seus rascunhos. Só Santiago tinha errado o problema.

— Sua redação está muito boa — disse rapidamente a Jacques.

À uma hora, acompanhou-os de volta. Às quatro, ainda estava lá, examinando seus trabalhos.

— Ânimo, precisamos esperar — disse.

Dois dias depois, os cinco estavam outra vez em frente à portinha às dez da manhã. A porta se abriu, e o bedel leu de novo uma lista muito menor, que dessa vez era a dos escolhidos. Em meio ao alvoroço, Jacques não ouviu seu nome. Mas recebeu um alegre tabefe na nuca e ouviu o Sr. Bernard dizer:

— Muito bem, mosquito! Foi aprovado.

Só o gentil Santiago não tinha passado, e todos olhavam para ele com uma espécie de tristeza distraída.

— Não faz mal — dizia ele —, não faz mal.

E Jacques já não sabia onde se encontrava, nem o que estava acontecendo, os quatro voltavam de bonde, "vou falar com os pais de vocês", dizia o Sr. Bernard, "primeiro passamos pela casa de Cormery porque fica mais perto", e na pobre sala de jantar agora cheia de mulheres, onde se encontravam a avó, a mãe, que tinha tirado um dia de folga para a ocasião (?), e as vizinhas

Masson, ele se mantinha bem ao lado do mestre, respirando pela última vez o perfume de água-de-colônia, colado à tepidez acolhedora daquele corpo sólido, e a avó estava radiante na presença das vizinhas. "Obrigada, Sr. Bernard, obrigada", dizia, enquanto o Sr. Bernard acariciava a cabeça do menino. "Agora não precisa mais de mim", dizia, "terá professores mais preparados. Mas sabe onde estou, venha falar comigo se precisar de ajuda." Ele se ia, e Jacques ficava sozinho, perdido no meio daquelas mulheres, depois corria até a janela, olhando para o mestre que acenava uma última vez e agora o deixava sozinho, e, em vez da alegria do sucesso, uma imensa dor de criança lhe confrangia o coração, como se ele soubesse desde logo que, com aquele sucesso, acabava de ser arrancado ao mundo inocente e caloroso dos pobres, mundo fechado em si mesmo, como uma ilha na sociedade, mas no qual a miséria funcionava como família e solidariedade, para ser lançado num mundo desconhecido, que já não era seu, onde não podia acreditar que os professores fossem mais preparados que aquele cujo coração sabia tudo, e agora teria de aprender, entender sem ajuda, tornar-se homem enfim, sem o socorro do único homem que o socorrera, crescer e criar-se sozinho finalmente, pagando altíssimo preço.

Este livro foi composto na tipografia Bembo Std,
em corpo 12,5/15,5, e impresso em
papel off-white no Sistema Cameron da
Divisão Gráfica da Distribuidora Record.